新潮文庫

まぼろしの城

池波正太郎著

新潮社版

11731

まぼろしの城

第一章

一

樹林に、蟬《せみ》が鳴きこめていた。

真夏の午後の強い陽が、ふかい森の中へ、細い縞《しま》をつくって射《さ》しこんできていた。

森の中の土も草も、冷んやりとやわらかい。

若い獣のようなにおいが、源太郎の堅く引きしまった躰《からだ》から発散している。

その若者の烈《はげ》しい体臭に、ゆのみは目眩《めくる》めき、両腕を源太郎のくびすじへ巻きつけたまま、必死にしがみつき、まだ見たこともない海原《うなばら》の底へ沈み、ゆられつつ、

「源太どの……源太どの」

と、男の名をよびつづけていた。

ゆのみの肉体に、まだ歓喜がよび起されていない。

だが、十八歳のゆのみのこころは、歓喜に充満している。

源太郎とゆのみは、半月後に夫婦となる。

それが待ちきれずに、この初夏のころから、源太郎はゆのみを数度、この森の中へさそい出して抱いた。

ゆのみは、上野《こうずけ》の国（群馬県）利根《とね》の郡《こおり》・追貝《おっかい》村の名主《なぬし》でもあり地侍《じざむらい》でもある金子《かねこ》新左衛門《しんざえもん》のひとりむすめであった。

追貝から東へ一里ほどはなれた平原《ひらはら》の村の、これも名主である平滝源五兵衛《ひらたきげんごべえ》の末弟・源太郎とゆのみの婚約がととのったのは、三年前のことだ。

これは、ゆのみの父・金子新左衛門から平滝家へ申しこまれたものである。

平滝家では、異存がなかった。

尾瀬・鬼怒沼《きぬぬま》の山岳から発し、いくつもの渓流をあつめて山間を南下する片品《かたしな》川に沿ってひらけた、このあたりの村々の中で追貝の金子新左衛門といえば、だれ知らぬもののない地侍であった。

「か、かまわぬ。あと半月のちには、夫婦になるのだ。ゆのみどのの父ごも、ゆるしてくれよう。な……な、ゆのみ……」

うわごとのように口走り、源太郎が、ゆのみの小袖《こそで》をはぎ取り、うす汗の浮いた乳房へ顔を埋めてきた。

呼吸が絶えてしまうかと、おもうほどに恐ろしいちからで、源太郎の四肢が懸命にゆのみの躰を締めつけてくる。

源太郎の両腕にもあまるほどに、ゆのみは立派な体格をしていた。

ゆのみは、半ば気をうしないかけていた。

「ゆるせよ、な」

どれほどの時間がすぎたろう。

源太郎の声に気づいて、裸身をすくませるゆのみへ、

「ほれ……」

源太郎が小袖をかけてくれ、くれたかとおもうと、その上から、またゆのみを抱きしめ、ちぎれるほどにくちびるを吸った。

くちびるを吸われたときのほうが、ゆのみに恍惚《こうこつ》があった。

「源太どの……」

「あと、半月だ、な……」

「あい……」

「長いな、半月が……」

「ほんに……」

「夏が終るころだ、な」

「あい」

「待ちきれぬ」

「でも、もうすぐ……」

「長い。長い、長い」

わめくようにいい、源太郎が、ゆのみの小袖をはぎとった。

「あれ……もう、いけませぬ」

「ゆのみ。お前の躰は、新しい藁《わら》のようなにおいがする」

「いや、いや……」

「どこもここも、しっかりとふくらんでいる」

「見てはいや、見てはいや」

「夫婦になったなら、毎夜毎夜、こうして、お前を抱けるのか、……ゆ、夢のようだ」

「あ、痛い」

「わるかった」

「歯の痕《あと》が、残りますもの」

「つい、噛《か》んでしもうた」

「父に見られます」

「すまぬ」

「いいえ……かまいませぬ、源太どの」

「ゆのみ……ああ、ゆのみ……」

若い二人には、際限もなかった。

二人が、森の中から出たとき、かたむきかけた陽が、田代の山蔭《やまかげ》にかくれはじめていた。

崖《がけ》の淵《ふち》へ立つと、すぐ下を片品川が音をたてながれ、川の向うのなだらかな段丘は、まだ陽ざしをうけて明るかった。

馬が二頭、つながれている。

源太郎とゆのみが乗って来たものであった。

「ゆのみ、婚礼の日までに、いま一度、ここで会うてくれるか？」

「はい」

「明後日。兄と共に、お前の父ごのもとへまいる。その折、そっと、決めた日を紙にしたため、お前にわたそう」

「待っています、源太どの」

「よし。では……」

源太郎が、ゆのみを馬の背へ乗せてやり、小袖の裾《すそ》から露出しているゆのみのふくらはぎを強く吸った。

ゆのみは嬌声《きょうせい》をあげ、馬腹を蹴《け》った。

崖に沿った山道を南へ下ったところに、ゆのみの父・金子新左衛門の屋敷がある。

源太郎は、ゆのみとは反対に、山道を東へ曲りすすみ、下りきったところから片品川をわたり、段丘の彼方《かなた》の村にある兄・源五兵衛の屋敷へ帰るのである。

その崖の道を、どれほど行ったろうか……。

何も彼《か》も満ちたりて、源太郎は草笛を吹きながら、ゆったりと馬の背にゆられていた。

山里の、さわやかな夏の夕暮れが近づいている。

兄の屋敷へ帰り、夜の臥床《ふしど》へ入ってから、おもうさま、ゆのみの肉体を想《おも》うことのたのしさに、二十二歳の源太郎は、いまから酔っている。

崖の淵に沿っていた道が、田代山の東裾の林の中へ切れこんでいた。

林の中へ、源太郎は馬を乗り入れた。

この林は、間もなくつきる。そして道は崖の下へ下り、片品川の岸辺へ通じている。

と……。

林の奥から、弓鳴りの音がきこえた。

（や……？）

気づいて、振り向いた源太郎の胸へ、一条の矢がするどく突き立った。

「う……」

叫び声もなく、呼吸をつめて馬上に硬直した源太郎の喉《のど》もとを、風を切って疾《はし》ってきた二の矢が突きつらぬいた。

源太郎が馬上から、ころげ落ちた。

そのまま彼は、身うごきもしなくなった。即死であった。

馬が、苦悶《くもん》のまま息絶えた源太郎のすさまじい死顔へ鼻面《はなづら》をこすりつけている。

林の奥で、三の矢を弓につがえ、凝《じっ》と、これを見つめている男があった。

この男の顔を、ゆのみが見たら、なんというであろう。

男は、金子新左衛門であった。

半月後に、むすめの聟《むこ》となるべき若者を、新左衛門が射殺《いころ》したのである。

額がひろく、あごが長く細い。その中央に針のような細い両眼とふとい鼻と厚い口

とが、ひとかたまりになっているような金子新左衛門の顔貌《がんぼう》であった。体軀《たいく》も細く長い。

この年で、四十歳になる新左衛門だが、十歳は老《ふ》けて見える。頭髪もうすく、禿《は》げあがった頭に小さな髷《まげ》が乗っていた。

「よし」

低く低く、新左衛門はつぶやき、身を返して、さらに林の奥へ駈《か》け去ってしまった。

この惨劇を見たものは、一人もいない。

ときに天文二十年というから、昭和四十六年の現代《いま》より四百二十年ほど前のことであった。

そのころ、日本諸国は、長い長い戦乱がつづき、いつ絶えようともおもわれなかった。

だが、この山里は比較的に平穏な歳月が送り迎えられていたのである。

二

平滝源太郎の葬式がいとなまれたとき、金子新左衛門が、

「憎い、憎い。わしは源太殿を射殺したやつが憎い!! そやつめの喉笛を掻《か》き切り、八つ裂きにしてやりたい」

と、激怒し、

「悲しや、悲しや、わがむすめを、かほどすぐれたる若者と夫婦になすことのよろこびが、一夜のうちに消え果てようとは……おもっても見なんだぞ、夢にもおもわなんだぞ」

長い顔をゆがめ、満面を泪《なみだ》でぬらし、慟哭《どうこく》した。

村人たちも、この新左衛門の悲嘆にはおどろきもしたし、それだけに泪をさそわれもした。

名主としての金子新左衛門は、村と村人を治めるのに、横暴の所業をしたわけではないが、あたたかいおもいやりもなく、いつも無口で冷ややかな態度をくずしたことがない。

ひとりむすめのゆのみを溺愛《できあい》していることだけは、だれの目にもあきらかであったし、だからこそ、源太郎の死を嘆き悲しむ新左衛門を、だれもがなっとくしたのである。

妻が病死してから、八年にもなる新左衛門だが、

「ゆのみのことをおもうと、後妻《のちぞい》を迎える気にはなれぬ」

きっぱりといい、ほかに〔かくし女〕がいるわけでもなかった。

ところで……。

「源太郎が、何者に殺害されたのか……？」

それは、兄の源五兵衛にも村人たちにもわからなかった。

元気な若者ではあっても、他人から怨恨《えんこん》をうけるような源太郎ではない。

つまりは、

「金子屋敷へ聟入りをし、あれほどの美しいむすめと夫婦になろうという源太郎を嫉《そね》み、妬《ねた》んだやつがいたにちがいない」

と、いうことになった。

源太郎が村人たちの羨望《せんぼう》をうけていたことは、事実であった。

はじめのうちは、平滝源五兵衛が、

「弟を殺したやつ、屹度《きっと》、さがし出してくれる」

と、意気込み、血相を変えて何度も、弟が殺された山林の中をさがしまわったり、奉公人をくり出し、近辺の村々を探索したりしたものだ。

源太郎を射殺した二条の矢には、これといった特徴もなく、ほかに手がかりとなる

べき物も残ってはいなかった。

それに、発見の時が遅すぎた。

源太郎の乗っていた馬が、源五兵衛の屋敷へもどって来たのは、夕闇《ゆうやみ》が濃くなってからである。

馬の背や腹に血の痕がついているのを見て、平滝屋敷のものたちが、異変を感じた。

この日、源太郎は行先を告げずに屋敷を出ていたので、馬がどこから帰って来たのか、わかりかねた。

（金子屋敷へ立ち寄ってはいなかったろうか？）

ふと、そう考えたので、平滝源五兵衛は源太郎の馬に乗り、数人の奉公人をしたがえ、追貝の金子屋敷へ出向いた。

源五兵衛のことばをきいて、ゆのみが驚愕《きょうがく》した。

「昼すぎに源太郎どのと、馬で、山へまいりました」

と、ゆのみはいった。こうなってはかくしておけることでない。

山の森の中で、源太郎と何をしていたか、そのことだけは口にしなかった。

許婚者どうしが馬をならべて野遊びに出ることなら、このあたりでも別にめずらしいことではない。

「屛風岩《びょうぶいわ》の道で、お別れしたのです。源太郎どのは、まっすぐにお屋敷へ帰ると、そう申されて……」

ゆのみは、おろおろと源五兵衛へ告げた。

奥の居室に引きこもっていた金子新左衛門も顔色を変え、

「そりゃ、おかしい。よし、わしもさがしに出よう」

といい、多勢の奉公人に松明《たいまつ》をかかげさせ、源五兵衛一行と共に屋敷を出た。

金子屋敷の奉公人たちは、主《あるじ》の新左衛門が今日の午後の一刻《いっとき》（二時間）ほど、外出していたことを知っていなかった。

ゆのみも同様である。これは新左衛門が、母屋《おもや》と土蔵の間にある別棟の居室にいることが多く、その居室から裏庭づたいにどこへでも出ていけるからであった。

奉公人が、新左衛門の指図を仰がねばならぬことが起って、奥の居室へやって来たとき、新左衛門がふらりと外へ出ていることなど、以前からめずらしいことではない。

この日、昼前から夕暮れどきまで、新左衛門の居室へあらわれた者は一人もいなかった。

ゆのみも、いかに許婚の間柄とはいえ、森の中での源太郎との行為を羞《は》じていたから、屋敷へもどっても夕餉《ゆうげ》どきまで父と顔を合わせなかったのだ。

一行は、すでに、夜の闇にのまれていた片品川を押しわたり、対岸の山道をのぼって行った。

「ここで……ここで、源太郎どのとお別れいたしました」

と、ゆのみが父にいった。

「ここでか。そして、源太どのは向うへ？」

「はい」

源太郎の馬が、源五兵衛を乗せて歩み出した。

こうなると、道は一つである。

林の中の道に殪《たお》れている源太郎の死体が発見されたのは、それから間もなくのことであった。

三

夏がすぎようとしていた。

平滝源太郎が殺害されてから、一ヵ月余が経過している。

兄の源五兵衛も、

「かくなっては、どうしようもない。手がかりとてつかめぬ」

あきらめはじめたようだ。

そのころの或日《あるひ》の夕暮れに、沼田の城下から騎馬の武士が追貝の村へやって来た。

沼田の城には、

「お屋形《やかた》様」

とよばれる領主の沼田《ぬまた》顕泰《あきやす》がいて、追貝の村も平原の村も、このあたり一帯の部落はみな、沼田顕泰の支配をうけていた。

顕泰は、上野の国で、

「豪勇無双」

とうたわれた武将である。

先ごろ、入道《にゅうどう》して万鬼斎《ばんきさい》と号し、この呼び名が、この物語の彼に、もっともふさわしいとおもえるので、以後は、

〔沼田万鬼斎〕

と、彼をよぶことにしたい。

沼田から馬を駆って、追貝の金子屋敷へ入った武士は、万鬼斎の使者であった。

使者は、

「お屋形様が十日後に、小川の温泉《ゆ》へおこしになる」

ことを、金子新左衛門に告げた。

「そりゃ、いよいよ、おこしになられまするか。はい、はい。われらも村人と共に、お屋形様をお迎えいたし、小川の湯へおとどまりなされる間、こころをつくして、おもてなしをつかまつりましょう」

と、金子新左衛門は、興奮の色を面《おもて》に浮かべ、はずむ声でこたえた。

むすめのゆのみから見ても、このような父のありさまは、めずらしいことであった。

領主が村へやって来るのはよいが、村人たちにも名主にも、これは負担となる。

まして、小川の温泉に滞在するとなれば〔お屋形様〕の沼田万鬼斎はもちろんのこと、これにつき従って来る家来たちを、村へ泊めねばならぬ。

秋の収穫《とりいれ》をひかえて、

「これは、めんどうな……」

と、村人たちは嘆息をもらしたほどであった。

その夜。

金子新左衛門が、ゆのみを居室へまねき、

「沼田のお屋形様がおこしになる。きいたであろうな」

「はい」

「そなたも、わしと共に、お屋形様のもてなしをしてもらわねばならぬ。お屋形様のめしあがる食物《もの》や、御湯治《ごとうじ》のお世話など、女たちを指図して、粗相のないように気をつけてくれい」

「はい」

源太郎をうしなった悲しみから、ゆのみはまだ覚めていなかった。

それだけに、沼田のお屋形様をもてなすため、父と共に、

(何も彼も忘れて、たちはたらきたい)

と、おもったのである。

小川の温泉は、追貝の東方三里のところ、小川の渓流に沿った岸辺にわき出ている。浴舎といっても、丸太造りの素朴なもので、石を置いた板屋根の下に、二つの湯壺《ゆつぼ》があり、こんこんとわき出る温泉が渓流へながれこんでいる。

そのほかには、湯の番人が住む小屋があるだけで、湯治に来る村人たちは莚《むしろ》と竹の小屋をつくり、そこで自炊をしながら湯につかる。近くの村人たちは、好き自由に温泉をたのしむ。

追貝から日帰りで、湯につかってくる村人も多い。

金子新左衛門は、追貝の村ばかりか、平原、鎌田、小川の村々から人を出させ、昼夜兼行で、沼田万鬼斎の宿所を急造した。

これも、丸太造りの板屋根であったが、百余の村人たちが懸命にはたらき、浴舎の北面の山肌の一角を切りひらいて、そこへ三十坪ほどの宿所を八日の間に建てた。

村々の名主たちが、それぞれの屋敷から屏風やら什器《じゅうき》やらをはこびこみ、ゆのみが女たちを指図して、十の部屋部屋を上手に飾りつけた。

ゆのみは、夜もほとんどねむらずに立ちはたらいた。

はたらいている間は源太郎のことを忘れることができた。

「よう出来た。よう仕《し》てのけてくれたな」

と、金子新左衛門が、ゆのみをいたわり、

「むすめよ。もう源太郎をうしなったことをあきらめるがよい。それよりも、これからの自分《おのれ》がことを考えてくれい。そなたはまだ若い。これからじゃ。よいか、これからじゃぞ。父も……この父もな、そなたをまもり、そなたと共に、ちから強く生きて行くつもりでおるのじゃ。よいか、わかったな、むすめよ」

ゆのみは、瞠目《どうもく》して父を見つめた。

燭台《しょくだい》の灯を顔の左半面にうけた父の顔に血がのぼっていた。細い両眼が針のように

光り、微《かす》かにふるえる唇からもれる声にも言葉にも、異様な情熱がこもっている。

こうした父を、自分のみか、村人たちも見たことはないであろう。子供のころから父には近寄りがたく、母が亡《な》くなってのちはさびしいおもいをしつづけていたゆのみだけに、

(父さまは、これほどまでに私のことをおもうて下されたのか……)

感動をした。

四

上野の国の沼田氏の発祥については、種々の説がある。

だが、この小説では沼田万鬼斎の遠い先祖を、大友経家《つねいえ》という武将にしておきたい。

経家は、はじめ平清盛《たいらのきよもり》につかえ、平家ほろびてのち源頼朝に従った。

そのころからすでに、経家は上野の国に在って、利根・勢多《せた》の二郡を支配していたらしい。

経家の子の実秀《さねひで》のときから、本拠とする利根郡・沼田の地名をとって〔沼田氏〕を名乗るようになったが、その後も、三浦氏から出ている沼田氏とまじり合い、このあ

たりの家系がはっきりとわからない。

いずれにせよ、利根郡の薄根《うすね》に〔荘田城〕という城をかまえて、沼田氏が、この地に定着したときの当主・沼田景泰《かげやす》を、万鬼斎の先祖ということにしたい。

八代目の当主・沼田景朝《かげとも》となって、居城を町田の地へ移した。

この新しい城は、前の荘田城からも近く、薄根川・北面の断崖《だんがい》上に築かれたもので〔小沢城〕と名づけられた。

ときに、応永十一年（一四〇四年）といわれている。

鎌倉幕府がほろび、南北朝の争乱時代が終り、足利尊氏《あしかがたかうじ》を初代とする足利幕府・政権のもとに日本が治められるようになってから六十余年。

足利将軍は、四代・義持《よしもち》の時代であった。

そのころは、足利幕府の威令もどうにか行きとどいていたが、わずか三十年後には、早くも戦国時代への発芽が見られる。

足利幕府は、内部からゆれうごきはじめた。

幕府内の権力者である大名たちが、勢力をあらそい、足利六代将軍・義教《よしのり》が、播磨《はりま》の国の守護大名で幕府の要職に在った赤松満祐《あかまつみつすけ》に殺害されるほどに、天下は殺気をはらんできていたのである。

あの〔応仁《おうにん》の大乱〕が起ったのは、それから二十六年後のことだ。

室町（足利）幕府は、諸国の守護大名を統一するだけの強い実力がうすかった。初代・尊氏ほどの将軍が、尊氏の後に出なかったし、強力な守護大名たちの反乱や争闘を、しだいに押えきれなくなった。

日本の首府であり、幕府の本拠でもある京の都が戦場となり、守護大名たちが二つにわかれて、あくことなく戦いつづけた。

天皇も将軍もない。

死闘をくり返して、わが勢力を勝ち取ろうというのだが、その勢力の実体が何であるかもわからず、激怒と怨恨《えんこん》と、利権と陰謀とへの暗く烈しい情熱に、大名たちは狂い立ちはじめたのである。

幕府政治の中核である管領《かんれい》職の細川・畠山《はたけやま》・斯波《しば》などの名家が、麾下《きか》の大名・豪族の軍勢をあつめ、入り乱れて首都に戦い合う。

これでは、日本の諸国が統治されようはずもない。

京都ばかりでなく、地方諸家が中央にならってあらそいはじめた。

守護大名たちが将軍をしのぎ、その大名たちの領国では、主人が京都へ出ているため留守をあずかる代官が勢力をひろげ、

「このような天下になってしまったからには、自分たちのちからで、この国をつかみ取ってしまおう」

と、主人の守護大名の命令もきかなくなる。

そこは長年、主人に代って国をおさめてきただけに、豪族や領民たちとも密接にむすびついていたから、たちまちに実力を行使し、それぞれに領国を保有することになる。

これが、

〔戦国大名〕

とよばれるものだ。

ともかく、何事も実力しだいに、法も道もなく土地を戦い取り、一人でも多く味方を引き入れ、たがいに自分の勢力を近隣にひろげて行こうとするのだから、戦乱が絶えなくなる。

上野の国も、例外ではなかった。

沼田氏は、十一代の沼田泰輝《やすてる》のときに、小沢城から薄根川をへだてて南方にのぞまれる滝棚《たきだな》の原という台地へ新しい城を築き、これを〔幕岩城《まくいわ》〕とよんだ。

幕岩城へ移ってから、沼田氏も戦乱の渦中《かちゅう》へ巻きこまれずにはいられなくなった。

沼田の地は、関東と信濃《しなの》・越後《えちご》の両国をむすぶ関門である。白根山に沿った山道を日光へぬければ、関東平野の北端から奥羽《おうう》（東北地方）の国々へも通ずる。

このため、

「沼田をわがものに……」

と熱望する信越・関東の戦国大名たちの間に立ち、沼田氏の去就がむずかしくなった。

沼田万鬼斎は、父・泰輝の後をついで間もなく、

「この城では戦いきれぬ」

といい、幕岩城の西方八町（約八百メートル）ほど離れた更に高い沼田の台上へ新城を築いた。

名を〔蔵内城《くらうち》〕とよぶ。

この城が、後年の沼田城なのである。

現代の群馬県・沼田市の発祥は、このときといってよい。

蔵内城も、薄根川をのぞむ断崖の上に築かれた。

断崖に面して、本丸と二の丸の曲輪《くるわ》がもうけられ、南へ三の丸曲輪。その周囲にも

堀をめぐらした小さな曲輪をいくつもつくり、防備を厳重にした。

万鬼斎の居館は、本丸曲輪の内につくられた。

万鬼斎が、この新しい城へ引き移ったのは天文元年のことであった。

このように、たびたびの築城ができたというのも、沼田氏が、この地において長年つちかってきた実力の大きさがよくわかる。

蔵内城が完成したころは、依然、京都は戦火に明け暮れてい、十二代将軍の足利義《よし》晴《はる》は何度も京都から追い出されているし、将軍と幕府とは名のみのものにすぎず、大名たちが戦争の口実と名目に利用するだけとなってしまっている。

甲斐《かい》の武田氏。

駿河《するが》の今川氏。

越後の長尾氏。

中国地方の大内氏、尼子《あまこ》氏。

関東の北条氏。

など、まだまだ数えきれぬほどの戦国大名や武将、豪族たちが入り乱れて戦い合い、侵略し合っていた。

こうした戦争の反復がしだいに大きくわかれ、もっとも強い実力をもつ大名が小勢

力を吸収し、ついには、いくつかの大勢力が勝ち残るであろうことは、沼田万鬼斎にもおぼろげながら予感できた。

「おれは、最後まで残るぞ!!」

万鬼斎は、いいはなった。

侵略を仕かけて来るものは、かならず追いはらった。領地の安全は万鬼斎の武勇のもとに確保されている。

こうして、わが領地をまもりつつ、武力をたくわえ、戦国の時代の行手に見通しがついたとき、

「そのときこそ、おれが打って出る!!」

であった。

万鬼斎は、上野の国から打って出て、関東平野を席捲《せっけん》する自分の勇姿を夢見ていた。

五

ゆのみは、三十名ほどの家来・小者などを従えて、追貝の村へあらわれた〔お屋形様〕の沼田万鬼斎を見たとき、胸がとどろいた。

万鬼斎の威容に、圧倒されたのである。

父の金子新左衛門は、年に二度ほど、沼田へおもむき、万鬼斎の機嫌をうかがっているので、

「それはもう、神々《こうごう》しいほどに御立派な御方じゃ」

と、いいきかされてはいても、実感がなかった。

（このような男が、この世にいようとは……）

このことである。

このあたりの村々から、一歩も外へは出たことのないゆのみであった。

栗毛《くりげ》の駒《こま》に、ゆったりとまたがって来た沼田万鬼斎の六尺余の体軀は、実に堂々たるものであり、派手やかな小袖が五十に近い万鬼斎によく似合う。

というのも、万鬼斎の風貌が、きわ立っているからであった。

青々と剃《そ》りあげたあたまに金襴《きんらん》の頭巾《ずきん》をのせ、一文字の眉《まゆ》はあくまでも濃く、くろぐろと光る巨眼は、

「この世の人ともおもわれぬ」

と、村人たちがうわさをし合った。

鼻すじは肥《ふと》やかに通り、引きむすんだ唇《くち》は強靱《きょうじん》な意志と肉体のあらわれである。金《こん》

剛神《ごうじん》の彫刻を仰ぎ見るような、沼田万鬼斎の威容なのだ。

沼田の蔵内城から約六里の道を追貝へ到着した沼田万鬼斎は、その夜、金子新左衛門の屋敷へ泊した。

ゆのみは、女中たちを指図して、お屋形様の酒食をととのえ、酒宴の席へも出た。

「これが、ひとりむすめのゆのみでござりまする」

新左衛門が、そういったとき、

「なるほど、美しい」

沼田万鬼斎が、おもわずいった。

ゆのみは顔をあからめ、うつ向いた。

しばらくして、顔をあげたとき、ゆのみは、わが胃の腑《ふ》を、得体《えたい》の知れぬもののちからで強くつかまれたようなおもいがした。

お屋形様の大きな双眸《そうぼう》が、まじろぎもせずに、自分を見つめていたからである。

死んだ平滝源太郎がゆのみを抱きしめたときの眼の色だとて、これほどのちからはこもっていなかった。

ゆのみは、万鬼斎の眼に射すくめられた。

はっと面を伏せ、うしろへ退《すさ》ってから、万鬼斎の傍にひかえている父の顔を見やっ

たとき、何故《なぜ》か、ゆのみの胸がさわいだ。

父の新左衛門も、万鬼斎と共にゆのみを見つめていたが、その眼の色は、万鬼斎とはまったくちがうもののように感じられた。では、どのように感じられたか、というと……それは、ゆのみにもよくわからぬ。

細く、白く光る父の眼を、ゆのみは、

(恐ろしい……)

と感じた。

何故に恐ろしいのか、と問われても、それはわからぬ。

するどい父の眼の光りとは別に、父の口もとは笑いくずれている。その違和感が、不気味なのである。

ゆのみは、のびのびと発達した肢体をちぢめるようにして、宴席から引き下った。

翌朝もおそくなって……。

沼田万鬼斎一行は金子屋敷を発し、小川の湯へ向った。

ゆのみは、台所で奉公人や女中たちの指図をしてはいたけれども、万鬼斎の前へは出て行かなかった。

前夜の、

（お屋形さまは、おそろしくて、まぶしくて……躰もこころも、石のように硬うなってしまった）

からである。

しかし、ゆのみも父・新左衛門と共に、万鬼斎一行のうしろについて、屋敷を出た。

追貝から約四里で、小川の湯へ到着する。

平原村の名主・平滝源五兵衛をはじめ、村々の名主たちが、沼田万鬼斎を出迎えた。

すぐに、万鬼斎は宿所へ入った。

ゆのみは、夕暮れからはじまる酒宴のための仕度に、いそがしく立ちはたらいた。

酒宴が終った。夜ふけである。

ゆのみは、宴席からもどって来る父を待った。

金子新左衛門父娘《おやこ》の宿舎は、小川村の名主・土出《つちで》作左衛門《さくざえもん》の屋敷にきめられてあった。

「ゆのみ……」

闇の中から、父の声がした。

「あ……」

金子新左衛門は、台所口の外に立っていた。

「いま、仕度を……」

「そのままで、よい」

「なれど……」

「ここへまいれ」

「はい」

女たちは、酒宴の後始末を終えて村へ帰ってしまっている。台所には、ゆのみ一人きりであった。

戸外へ出ると、金子新左衛門が陶器の水差《みずさし》を出し、

「これを、お屋形様のもとへ」

と、いった。

「はい」

妙な気がした。わざわざ外へ自分を呼び出し、水差を持って行け、という父の態度が異様におもえた。

「まいれ」

新左衛門が、ゆのみへ水差を押しつけるようにして渡し、先へ立った。虫が鳴きこめている。

宿所の西側の竹林を分け入ると、沼田万鬼斎の寝所の裏手に出る。

「父さま……」

「案ずるな」

新左衛門が、ゆのみの手をとり、寝所の前へ立った。

寝所の板戸が一枚、すでに開いている。

「さ、行け」

新左衛門は、むすめを寝所の中へ突き入れ、外から板戸を閉めた。

燭台の灯を背にうけて、沼田万鬼斎が、ひとりで盃をあげているのを、ゆのみは見た。

万鬼斎が盃を置いて立ちあがり自分に向って歩んで来た。

ゆのみは、巨大な〔お屋形様〕の黒い影に対して為《な》すところを知らなかった。

躰がすくみ、声をあげるちからさえ、うしなっていたのである。

第二章

一

　ゆのみは、父の金子新左衛門と〔お屋形様〕の沼田万鬼斎との間に、どのような取りきめがおこなわれていたか、それに、まったく気づかなかった。

　次の日に、金子新左衛門は、ゆのみへ、こういっている。

「お屋形様が、よもや、それほどに、お前を見て執心なされようとは、おもいもよらなんだ。昨夜、お屋形様へ水差を持って行かせたのも、何気なく、そうしたことだ。お屋形様は、すでに、よう眠っておられるとばかり、おもいこんでいたのじゃ。

　ああ、可哀相《かわいそう》に……。

　許婚《いいなずけ》の源太郎が、あのようにむごい最期《さいご》をとげたばかりというに、お前を、われからお屋形様のお伽《とぎ》へ差し出したかたちになろうとは……ちがう、ちがう。お屋形様がお前を寝所へよこせ、と申されたのではないぞ。どこまでも、わしが、何気もなくし

たことじゃ。ああ、このようなことになるのだったら、わしが自分で、水差をはこべばよかったのじゃ。

おもいもかけぬことになってしもうたが、ゆのみ……父をゆるしてくれい。知ってのように、沼田のお屋形様は、われらの御領主様じゃ。その御領主様のお申しつけにそむくことはならぬ。ゆるしてくれ、な、ゆのみ。お屋形様は、また今夜も、お前を御寝所へ差し寄こすようにというておいでなのじゃ。たのむ、ゆのみ。この父と、いや父ばかりではない。このあたりの村々のために、どうか父のたのみをきいてくれい。な、な……」

ゆのみは、だまっていた。

虚脱したように、父の声をきいていた。

だが、父のことばのうちの半分は、しかときいてはいなかった。

昨夜の……。

体毛の濃い沼田万鬼斎の、力士のようにたくましい肉体の感触が、ゆのみのそれへ強烈にのこされている。

昨夜、あのとき……。

万鬼斎は、声もなく、ことばもなく、ゆのみの躰《からだ》を抱き上げ、臥床《ふしど》へはこんだ。

おもいもかけぬことであったし、相手が相手だけに、その威光がゆのみを圧倒しつくしていた。

臥床へ、しずかに横たえられ、沼田万鬼斎の手が、ゆのみの躰から衣服をひきはがしたとき、すでに、ゆのみは、半ば正気をうしなっていたともいえる。

それに……。

万鬼斎は、あくまでも物やわらかく、巨大な躰をたくみにあやつりつつ、たんねんな愛撫《あいぶ》を執拗《しつよう》にくり返すのであった。

ゆのみは、ほとんど〔お屋形様〕の躰の重味を感じなかった。

閉じた両眼の闇《やみ》の中へ、躰もこころも浮きあがって、のみこまれてしまい、万鬼斎が躰にぬりこめている香油のにおいだけが、辛うじて、ゆのみの意識を現実にとどめていたのであった。

ゆのみの背丈は高く、胸や腕や腰部の発達が野性的で、殺された平滝源太郎とならんで立っても体格が見劣りしなかった、といわれている。その当時のむすめの肉体としては比類を見ぬほどのすばらしさで、金子新左衛門は、

「お前は亡《な》き母に似て、のびのびとした躰つきじゃ」

というが、たしかに、母の体格がすぐれていたことは、ゆのみも記憶している。

沼田万鬼斎が、ひと目で、このゆのみの肉体に幻惑されてしまったらしい。

正夫人のほかに、万鬼斎は、これまで何人もの側妾《そばめ》をもうけていた。

領主としての威力があれば、好みの女をすぐさま手に入れることなど、わけもないことだったのである。

その夜も……。

ゆのみは、お屋形様の寝所へ入って行った。

次の夜も……。

沼田万鬼斎は、狩りにも出かけなくなった。

夜のみではない。

朝早く、寝所を出て、宿所内の自分の部屋へもどったゆのみへ、昼前には、

「これへ」

と、万鬼斎のまねきがかかった。

ゆのみは、

（私が、前の私ではないような……？）

と、おもわずにはいられなかった。

十日ほどもたつと、万鬼斎のまねきを待ちかねるようになってきている。

万鬼斎も、夜の臥床で、もう無言ではいなかった。

「ゆのみのような、女の躰を、わしは、はじめて知ったぞ」

などと、間もなく五十歳になろうという万鬼斎が、若者のように甘やかな、切なげなささやきをもらし、ゆのみを抱きしめてくる。

源太郎の、性急で烈《はげ》しい、ひたむきな愛のかたちは若者らしい情熱をそのままにあらわしたもので、ゆのみはきらいでなかったけれども、自分の女の躰がよろこびを知ったのは、お屋形様の手によって、であった。

「ゆのみ……」

「あい？」

「間もなく、わしは沼田へ帰らねばならぬ」

「お別れをせねば……？」

「別れぬ」

「では？」

「そちを沼田へつれもどる」

二

沼田万鬼斎は、正夫人・於牧《おまき》の方《かた》との間に、三人の男子をもうけていた。

長男・三郎（二十歳）

二男・六郎（十八歳）

三男・弥七郎（十歳）

である。

側室も何人かいたが、いずれも、長つづきがしない。

万鬼斎は、

「女という生きものは、つまらぬものだ」

などといい、新しい側室ができても、長くて一年、早いときは三月《みつき》もせぬうちに、自分がえらんだ独身の家来へ、

「そちの妻にせよ」

と、下げわたしてしまう。

だから、これまでに側室の生んだ子は、合せて三人にすぎぬ。このうちの二人は早

世し、残る一人の於寿与《おすよ》（十歳）を於牧の方が手もとにおいて育てている。

まだ、先のことになろうが……。

沼田万鬼斎の後をつぎ、蔵内城主となるものは、二男の六郎だと、人びとがうわさし合っている。

長男・三郎は病弱であって、学問をしたり絵を描いたりすることにのみ熱中し、十三歳になっても、

「馬にも乗れぬというのでは、とても、わしの後はつげぬ」

と、かねてから万鬼斎が於牧の方に、

「ま、三郎はあきらめておる。あれはあれで、好きなことをさせながら、のんびりと暮させてやろうではないか」

と、いっていた。

於牧の方も、賛同しているようだ。

さて……。

「共に、つれてもどる」

と、万鬼斎はいうのだが、ゆのみにも沼田へ行くには仕度もある。

それに、

「先《ま》ず、ゆのみが住む館《やかた》をもうけねばならぬ」

万鬼斎が、金子新左衛門にそういった。

「はっ。おそれいりたてまつる」

ひれ伏した新左衛門が、上眼《うわめ》になって万鬼斎を見て、

「おそれながら……」

「なんじゃ」

「ゆのみを、お手もとへさしあげまするは、よろこばしきことでござりますが……なれど……」

「なれど……なんじゃ」

「ゆのみも、これまでの側室《おかた》さま方のように、間もなく、父のもとへ帰れ、とおおせ出されますのではござりますまいか？」

万鬼斎が高く笑った。

「わしと女たちとのうわさは、そちの耳へも入っていたか」

「おそれいりまする」

「案ずるな」

「は……？」

「いまから、よく、わかっておるわ」

「と、おおせられますのは？」

「ゆのみじゃ。ゆのみにかぎり、そのようなことはない。そのようなことは、かまえていたさぬ」

「すりゃ、まことで？」

「万鬼斎は、いつわりは申さぬ」

「ははっ……か、かたじけのうござります」

「そち、ゆのみを、わしへさし向けたな」

「なんと、おおせられます？」

「わしが、ゆのみを抱くことを、ひそかに願うていたのであろう、どうじゃ？」

「いえ、それは……」

「かくすな」

「なれど……」

「それでのうては、あの夜ふけに、わざわざ、おのれがむすめに水もたせて、わしが寝所へさし向けるはずがない」

万鬼斎は、にんまりと金子新左衛門をながめ、

「見れば見るほど……」

いいさして、さも可笑《おか》しげにくつくつと笑い出した。

「なにか……？」

「いやいや、見れば見るほど、そちの顔は長い、と申すことじゃ」

「これは、おたわむれを……」

「よい、よい。そちのむすめを手もとへ引き取るからには、そちがことも、悪《あ》しゅうは計らわぬつもりじゃ」

新左衛門は、だまって平伏をした。

「そちも、このあたりの村長《むらおさ》として、これまでに、ずいぶんとちからを貸してくれたことじゃし……それに、そちが只者《ただもの》でないことも、わしは、よく承知をしている」

「いえ、別に……」

「かくすな。そちが、このあたりの地侍《じざむらい》として一生を送るつもりはないことを、わしは見ぬいておるぞよ。そちは、沼田へ出て、ひとかどの侍大将とも成り上りたいのであろう。どうじゃ」

「は……」

「申せ。はきと申したがよい。かくなったからには、そちの望みをきいておこうでは

とはいえぬ。なれど新左衛門。もしも武士となって、そちのちからがおよばぬときは、

「よし、よし。ちからあるものなれば、いまの世に、いかほどの望みもすぎたるもの

にはいられなかったのである。

万鬼斎が、息つく間もなく問いかけてくるので、さすがの新左衛門も本心を見せず

「困るか?」

「まことにもって……そのようにおおせられまいては……」

かいをしてくれたのも、その望みあったればこそと申すのじゃな」

「なるほど。先ごろより、しばしば、そちが沼田へあらわれて、いろいろなこころづ

「はい」

「馬にまたがり、多勢《あまた》の家来たちを引きつれ、戦陣に出たい、と申すか」

たしたく……」

「はい。新左衛門、何ともいたして、ひとかどの武士となり、お屋形様をおたすけい

「やはり、さようか」

と、金子新左衛門は、ひたいに浮いた汗をぬぐった。

「おおせのごとく……」

ないか」

容赦なく、この村へ追い返すぞ。それでもよいか？」

「おせらるるまでもござりませぬ」

金子新左衛門の細い両眼に、執念の光が凝っているのを沼田万鬼斎は見のがしていない。

だが、

（こやつに、戦さができるであろうか？）

と、万鬼斎は考えていた。

顔も躰も、細長いだけで、まことに見ばえのせぬ金子新左衛門の風貌《ふうぼう》の底にひそみかくれているものを、さすがの万鬼斎も見ぬけなかったようだ。

万鬼斎が、

「ゆのみには、いいかわした若者がいたそうな」

ぽつりと、いった。

新左衛門がうなずき、

「むすめが、何やら申しましたか？」

「きいた」

「殺害されまいて……」

「気の毒にのう」

「はい」

「だれが、その若者を討った？」

「さて、それがわかりませぬ。何者とも知れぬ者が、弓矢にて……」

「ほう……」

一瞬、沼田万鬼斎は不審を感じたらしい。

そのとき、金子新左衛門が、しずかにあげた顔に哀《かな》しげな微笑をたたえ、

「なにぶん、ゆのみを嫁にとのぞむ若者たちが、このあたりには多くございましたゆえ……」

と、いった。

「なるほど。さも、あろう」

万鬼斎は、この新左衛門のことばによって、不審を解いてしまった。

ゆのみとの結婚をゆるされた平滝源太郎への妬《ねた》みから、この犯行が引き起されたもの、と、万鬼斎も感じたのであった。

〔小川の湯〕を出発する朝となって、沼田万鬼斎は、残り惜しげに寝所をはなれず、ゆのみの乳房をまさぐりつづけながら、

「おそくも、来春二月までには、迎えをよこすぞ」

「あい」

「ああ……わしとしたことが……」

「いかが、なされました？」

「とりこになってしもうた……」

「とりこ、とは、なんのことでござりますのか？」

「とりこよ。そちのとりこよ、わしは……」

「まあ、お屋形さま……」

「そちのここの……この、美しい、ぬめやかな肌が、躰が、わしをとりこにしてしもうた」

などと、万鬼斎は臆面《おくめん》もなく、甘やかな声でささやきつづける。

十貫余の鉄棒をひっさげ、戦場の敵に向って突進する豪勇を、いまの万鬼斎のどこに見ることができよう。

「ああ、ゆのみ……別れがたい、わしはそちと別れがたい」

口走りつつ、たまりかねたように万鬼斎が、裸身のゆのみの下腹部へ顔を埋めた。

ゆのみが、苦痛の叫びを低くもらした。

「ゆ、ゆるせ」

万鬼斎が顔をあげ、口にくわえたものを右の手ゆびに取った。

それは、ゆのみの恥毛だったのである。

その恥毛を、ゆのみへ見せつけながら、万鬼斎が、

「わしは、これを、沼田の城へもち帰るぞよ」

と、いった。

「あれ……」

ゆのみの全身に、血がのぼった。

戸の隙間《すきま》からながれこんでくる朝の光りの中で、のびのびとふくらんだゆのみの裸身がはじらっている。

それを、うっとりとながめていた万鬼斎は、あらためて、感動の声を発した。

「こ、このような女ごが、この世に在ったとは……」

羞恥《しゅうち》におののきつつ、しかし、ゆのみは、勝ちほこっていた。

（お屋形さまは、ゆのみのとりこになってしまわれた……わたしのとりこに……）

このことであった。

沼田万鬼斎は、この日の昼すぎになって、ようやく〔小川の湯〕をはなれた。これ

では日暮れまでに沼田へもどれぬ。そこで、追貝の金子新左衛門屋敷へ泊り、またも、ゆのみと名残りを惜しんだのである。

こうして、万鬼斎は沼田の蔵内城へ去ったが、すぐさま、城内・二の丸に、ゆのみのための館を建てはじめた。

「急げ、急げ」

と、万鬼斎みずから、工事の指揮にあたったといわれる。

そして、ゆのみの居室が出来ると、館の完成を待たず、新しい年が明けぬうちに、金子屋敷へ人数を差し向け、ゆのみを沼田へ迎えたのである。

三

ゆのみのための館は、城内の二の丸の中でも北に寄った〔保科曲輪《ほしなぐるわ》〕とよばれる一郭に新築された。

これまで、万鬼斎は側妾ができると〔三の丸〕に住み暮させ、気が向くや、これを〔本丸〕にある居館の寝所へまねき寄せ、翌朝は、三の丸へもどしている。

だが今度は、本丸の東に堀ひとつをへだてた二の丸の保科曲輪へ、ゆのみの館をわ

ざわざもうけて、そこへ自分が通いつめようというのである。

夫人の於牧の方も、これまでとはちがう万鬼斎の仕様を、むろん、よろこばなかった。

だからといって、どうしようもない。

三人の男子を生んでのちの於牧の方は、躰がめっきりとおとろえ、病気がちの日々を送っている。

ゆのみを迎えるために、万鬼斎が嬉々《きき》として保科曲輪の工事場へ出かけて行くのを、うらめしくおもったけれども、口出しすることはゆるされなかった。

このごろの万鬼斎は、ほとんど夫人の顔を見ようともせぬ。

万鬼斎は、沼田の〔王者〕である。

万鬼斎の言動のすべてが〔絶対〕のものであった。

この年、天文二十年が暮れようとするとき、ゆのみは、父・金子新左衛門と共に沼田の城へあらわれた。

「待ちかねた、待ちかねたぞよ」

と、沼田万鬼斎は、ゆのみの乗った輿《こし》が、大手門を入って来たとき、ふとい両腕をさしのべ、輿の上のゆのみをすくいあげるように抱き取り、そのまま、二の丸の館へ

はこび入れた。

「まだ、すべてが出来あがってはおらぬ。なれど、わしはもう、待ちきれなかったのじゃ」

「うれしゅうござります」

家来たちも、城の侍女たちも、万鬼斎のこのさまを見て、瞠目《どうもく》した。

あとになって、

「御屋形様は、あのような女の、どこがお気に入られたものか？」

「われらには、合点がゆかぬ」

「大きいな、女のくせに……」

「野育ちじゃ。土くさいわい」

「叱《し》っ。めったなことを申すまい。あれほどに、御屋形様がお気に入られておるのじゃ。われらの冗語《ざれごと》がお耳へ入ったなら、どのようなとがめをこうむるやも知れぬぞ」

などと、蔭口《かげぐち》をきき合った家臣たちもいた。

女の好みというものは、男それぞれにちがうものであるから、これらの家臣の眼から見たゆのみは、あまり魅力がなかったのであろう。

ゆのみを迎えた夜。

保科曲輪の館で、酒宴がひらかれた。

追貝村の名主のむすめにすぎなかったゆのみも、これで、領主の側室となったわけだから、その呼び方も変えねばならぬ。

ゆのみという名前は、父の新左衛門がつけたものだ。

亡くなった母が、ゆのみを生み落したのは、ほかならぬ〔小川の湯〕においてであった。

妻の産前産後の養生に、金子新左衛門は〔小川の湯〕をえらび、仮小屋を建てて、ゆのみを生ませたのである。

ゆのみは〔湯の実〕に通ずる。

小川の温泉にひたりながら、腹中の子を育てた妻への愛情が、こもっているようにもおもえる。

そのころの新左衛門は二十をこえたばかりであった。

戦乱の世に乗じて、わがむすめを手段《てだて》につかい、沼田万鬼斎に取り入り、立身出世をはかろうなどとは、当時の新左衛門がおもっても見なかったことであろう。

「ゆのみの名を、これからは欅御前《けやきごぜん》と呼ぶようにせよ」

と、沼田万鬼斎が家来や侍女たちに命じた。

保科曲輪に建てられた、この館の庭に、欅の大樹がそびえていたからである。この欅は、万鬼斎が城をかまえたとき、あまりに見事であったので、

「切り倒すな。そのままにしておけ」

と、命じたものだ。

ゆのみが、この館で暮すようになってからは、いつしか保科曲輪という名称が〔欅曲輪〕に変ってゆくことになる。

「なれど……こうして、二人きりでおるときは、そちをゆのみと呼ぼう」

と、万鬼斎は、ゆのみを迎えた夜に、木の香が強くにおう寝所で、

「愛《いと》しげな名じゃ、ゆのみとは……」

と、ささやいた。

「そちの、この豊かな躰からは天地の香りがただようてくる。澄みわたった大空の香りがする。春の日の木や草の香りがする。夏のさかりの土の香りがする」

などと、間もなく五十歳の新春を迎えようとする沼田万鬼斎が、うわごとのように、ゆのみの耳へささやきつづけるのだ。

翌朝。

金子新左衛門は、万鬼斎がよこした数々の引出物《ひきでもの》を馬につみ、追貝の村へ帰って行

った。

ゆのみへは、金子屋敷から三人の女と二人の下男がつきしたがい、そのほかに、万鬼斎の指図で家来や侍女たちが、この新しい館へ入り、ゆのみの奉仕をすることになった。

城の侍女たちは、万鬼斎夫人・於牧の方への同情もあり、ゆのみをこころよく迎えなかった。

けれども、日がたつにつれ、侍女たちは、ゆのみに圧倒された。

上州の凛烈《りんれつ》とした冬の朝。

ゆのみは、万鬼斎と共に馬へまたがり、城門を押し開いて、

「お屋形さま、早う」

叫びつつ、馬腹を蹴《け》って城下へ疾《はし》り出して行く。

追貝の村にいたころのゆのみにとっては、なんでもないことなのだが、そのたくましい野性に、侍女たちは気圧《けお》された。

年に一度、京の都からやって来る商人から、都の紅や白粉《おしろい》や衣裳《いしょう》を見せられ、ためいきをつくようになっている侍女たちにしてみれば、

「ま、おそろしい」

ゆのみの言動のすべてが〔異色〕であり〔驚異〕であったにちがいない。

新しい年が来た。

天文二十一年である。

この年の二月。

ゆのみが万鬼斎の子を、みごもっていることがわかった。

その子が生まれたのは、十月のはじめであった。

男の子である。

万鬼斎は、

「ゆのみ。そちに似て、大きな赤児《あかご》じゃ。よし、よし。平八郎と名づけよ」

と、いった。

夫人の生んだ三男・弥七郎朝憲《とものり》の次に生まれた男子、という意味が、この名にふくまれている。

金子新左衛門が、沼田の城へまねかれたのも、そのころであった。

新左衛門のむすめが、お屋形様の子を生んだのである。

新左衛門に、屋敷と家来があたえられた。

「これよりは、金子美濃守《みののかみ》と名をあらためよ」

と、沼田万鬼斎が、新左衛門にいった。

四

この年の夏に、万鬼斎の長男・三郎が病歿《びょうぼつ》をした。

病弱な三郎をふびんにおもい、もっとも愛していた夫人は、三郎が亡くなってから、さらに、おとろえを増したかのようであった。

ところで、天文二十一年という、この年は、沼田万鬼斎にとっても容易ならぬ年になった。

この年の正月。

関東管領《かんれい》の上杉憲政《のりまさ》が、わずかに五十余名の家来をしたがえたのみで、越後へ亡命した。

〔関東管領〕というのは……。

つまり、天皇と足利将軍から、

「関東の地を治めよ」

との命をうけ、室町幕府の執権職といってもよい。この重い役目についた上杉氏は、

長年にわたり、関東に君臨していたものである。

ところが、戦乱の時代になって、相模《さがみ》・小田原に本城をかまえる北条氏の勢力が強大となり、上杉氏を圧迫しはじめた。

沼田万鬼斎にしても、

「いまに見よ。わしが関東へ打って出て、小田原の北条氏康《うじやす》を討ちほろぼしてくれよう」

と、夢を抱いてはいたが、なかなかおもうようにはゆかぬ。

北条氏康の祖父・北条早雲《そううん》が、小田原に城をかまえてから五十年ほどになるが、関東一帯を席捲《せっけん》した祖父・早雲とくらべても、それほど見劣りがせぬほど、孫の氏康はすぐれた戦国大名であった。

京都において、足利将軍が名の、み、の、も、の、となってしまったのと同様に、関東においても、管領の上杉憲政の勢力が、おとろえつくしている。

北条氏康と戦うたびに、上杉憲政は敗北した。

今度、上杉憲政が関東を追われたのは、武州・川越の会戦によって北条氏康から決定的な打撃をうけ、関東の地に居たたまれなくなったからだ。上杉憲政は、おもいきって、越後へ逃げた。越後・春日山《かすがやま》には、長尾《ながお》景虎《かげとら》がいる。

長尾氏は、越後の守護代《しゅごだい》として長らく実権をにぎってきたが、前代の長尾為景《ためかげ》が亡くなったのち、その子の晴景《はるかげ》と景虎が家督をあらそい、ついに弟の景虎が兄を制し、春日山城主となった。

長尾景虎は、二十三歳の若年であるけれども、豪勇のきこえが高い。父・為景亡きのち、彼が兄と闘って勝ち、越後の豪族たちを平定しつつあるエネルギッシュな奮闘を、沼田万鬼斎もうわさにきいている。

関東を追われた上杉憲政が、長尾景虎をたよったのも、景虎の武力と人柄をかねてから信頼していたからである。

上杉憲政は、二年ほど前にも、

「ぜひぜひ、関東へ出陣されたい。そして、関東管領の自分をたすけてもらいたい」

と、長尾景虎へたのみこんでいた。

しかし当時は、自家の内乱をようやくに平定したばかりの景虎だけに、越後をおさめるのが精一杯のところであったし、関東へ出陣するゆとりがなかった。

だが、関東から積雪の山をこえ、はるばる越後へ逃れて来た上杉憲政を、

「おまかせ下され」

と、長尾景虎は、たのもしく迎え入れてくれた。

このときから、長尾景虎は、

「上杉家をたすけ、関東を平定してくれよう」

との意欲を燃やしはじめる。のちに、上杉憲政は、〔関東管領〕の役職をも、景虎へゆずりわたすことになる。

長尾景虎が関東管領・上杉氏の跡つぎということになって、ここに景虎は、名を、〔上杉政虎《まさとら》〕とあらため、〔謙信〕と号し、関東のみか、天下平定を目ざすことにもなって行くのだ。

「管領家が、ついに越後へ逃げたか……」

と、沼田万鬼斎も緊張した。これまでは、たとえ、ちからがおとろえたにせよ、上杉憲政が管領として関東に在り、北条氏康の侵攻を必死に喰いとめてきていた。

沼田万鬼斎ばかりでなく、上野の国の豪族たちも、北条氏康に上野へ攻めこまれることを警戒し、管領家をたすけて来た。

しかし、その管領家が、城も国もうしない、百名にも足らぬ家来をつれて越後へ亡命してしまったとなれば、

(これまでは、管領家をたすけていたものたちも、北条方へ与《くみ》することになろう)

と、万鬼斎は考えはじめた。

(なれど、管領家を迎えた越後の長尾景虎が、どのように、うごき出すか?)

それも、気にかかる。

もしも景虎が、管領家に代って越後から関東へ出陣して来るときは、上州・沼田の地は重要な拠点となる。

これは、小田原の北条氏康にとっても同様である。

長尾景虎が関東へ押し出して来てからでは、すでに遅い。

それよりも早く、上州の地へ、北条軍の拠点をいくつもかまえておかねばなるまい。

また、甲斐《かい》の国には、武田晴信《はるのぶ》という大名がいる。

武田晴信も、父・信虎《のぶとら》を追いはらい、十年ほど前に独立した。

晴信といい、景虎といい、父や兄と深刻な争闘をくり返し、領国をわがものとした。

肉親どうしの間でさえ、このように血を血で洗う闘いがおこなわれているのだから、将軍も管領も、これらの有力な大名・武将の間のちからの前には屈服せざるを得ないのだ。

(これよりは、いささかのゆだんもならぬぞ)

沼田万鬼斎は、夜毎《よごと》に欅曲輪へ通いつめながらも、気が気ではなくなってきた。

あるとき、金子新左衛門が、万鬼斎にささやいた。

「お屋形様。これよりは、つぶさに天下の動静《うごき》を知っておかねばなりますまいかと……」

「いかにも。そのことじゃ」

「関東へも越後へも、そして甲斐へも、ひそかに人をつかわし、大名たちのうごきを知っておかねば、いざというときに、眼が曇ってしまいましょう」

「うむ、うむ……」

万鬼斎は、不安になってきている。

「いまに見よ。わが手に関東をつかみとってくれる!!」

などと夢を追いつづけているうち、万鬼斎は五十歳になってしまった。

沼田の地においては〔王者〕の万鬼斎であっても、ゆれうごく天下の戦乱が、いつ沼田へ押し寄せてくるか知れたものではない。

そうなれば、かつての自分が、この地の豪族たちを切り従えてきたときのような戦力では、おぼつかぬようにおもわれてならない。

自分の子供のように若い長尾景虎が、関東管領・上杉憲政からたのみにされるだけの力量をそなえてきているのだ。

もしも、管領家が、沼田万鬼斎の力量をたのみにしていたなら、

（わしがところへ、まいられたはずではないか）

と、万鬼斎は考える。

これまでの沼田の地へは、中央の勢力あらそいが波及して来なかっただけに、万鬼斎の不安は尚更《なおさら》に、つのってくるのであった。新左衛門の金子美濃守が、万鬼斎にこういった。

「よろしゅうござります。お屋形様。この私めに、何事も、おまかせ下されますよう」

第三章

一

ゆのみが、沼田万鬼斎の愛妾《あいしょう》となってから、十六年の歳月が経過した。
その、永禄《えいろく》十年。
沼田万鬼斎は、六十五歳の老齢に達していた。
ゆのみは、三十四歳。
ゆのみの父・金子新左衛門（美濃守）は五十六歳。
そして、万鬼斎とゆのみの間に生まれた平八郎は、十六歳の若者に成長している。
この年の正月に……。
万鬼斎は、沼田城主を引退し、家督を三男の弥七郎朝憲《とものり》へゆずりわたした。
事情は、いろいろとあるけれども、万鬼斎の長男・三郎が十数年前に病歿《びょうぼつ》している
ことはすでにのべておいた。

二男の六郎は、もう沼田にいない。

万鬼斎がゆのみを沼田へ迎える以前から、六郎と万鬼斎はこころがとけ合わなかった。

万鬼斎は、つねづね、

「三郎は病弱ゆえ、とうてい、わしの跡をつげぬし、六郎も器量がせまく、一国の主《あるじ》にはなれぬ」

といい、心身ともに強健な三男の弥七郎へのぞみを托《たく》していたことは事実であった。

それがまた、六郎にはおもしろくない。

ゆのみが、自分の子の平八郎を生むと、万鬼斎はいよいよ、六郎のことを忘れてしまった。

こうしたわけで、万鬼斎は弘治元年の春に、六郎を、下野《しもつけ》の佐野城主・佐野泰綱《やすつな》の一族である赤見《あかみ》七郎《しちろう》左衛《ざえ》門《もん》の養子にやってしまった。

六郎は、父の命令に一言もさからわず、母の於牧の方へ、

「この沼田には、私の身の置きどころとてありませぬ」

といい、

むしろ逃れるようにして、下野の国へ去ったのである。

そのころから、戦国の風雲はいよいよ急迫してきた。

越後の長尾景虎も、その後、すばらしい速度で勢力を伸長させ、いよいよ関東制覇《せいは》に乗り出して来た。

管領《かんれい》の上杉憲政が越後へ亡命してからの関東は、小田原の北条氏康のものになりかけている。

だが、北条氏の進攻をこころよくおもわぬ大名や豪族もいて、

「一時も早く……」

長尾景虎の関東出馬をねがってやまない。

長尾景虎としては、ちからおとろえた上杉管領家から、

「わしのかわりに、ぜひとも出馬して、関東を治めてもらいたい」

との要請をうけての出馬なのである。

関東出兵の名目《みょうもく》は、まことにすじの通ったものであった。

それのみか景虎は、関東出兵に先立ち、約五千の兵をひきいて京都へおもむいている。

長尾景虎は越後・春日山の居城から北陸路を越前《えちぜん》へぬけ、近江《おうみ》から京都へ入った。

これは、戦争をするためではない。

京都の天皇と足利将軍に目通りをして、公《おおや》けに〔関東管領〕の職につくであろうことについての〔あいさつ〕をおこなうためであった。

ときの天皇は正親町《おおぎまち》天皇で、将軍は、十三代室町将軍・足利義輝《よしてる》である。

まったく勢力をうしなってしまった天皇と将軍ではあるが、それだけに、

「千里を遠しともせずに、ようも来てくれた」

と、折目正しい律義《りちぎ》な長尾景虎の態度をよろこんだのである。

景虎が入洛《じゅらく》し、天皇と将軍に対して、金・銀・青銅・衣服地・馬などの貢物《みつぎもの》を披露するや、人びとは、その豪勢な贈物に瞠目《どうもく》したそうな。

このときの京都滞在で、長尾景虎と将軍・義輝は大いに意気投合したらしい。

義輝は、十二代将軍・足利義晴の子に生まれ、幼少のころから父と共に京都の戦乱をさけ、近江の国に逃げかくれていた。

父のあとをついで将軍位についてからも、それは、

「かたちばかり……」

のものであって、義輝は父同様に、幕府の重臣でもあり、強力守護大名でもある細川家や、三好・松永などの新興戦国大名たちとの争乱に巻きこまれ、何度も京都から逃げている。

義輝が、京都の実権をにぎった三好長慶に迎えられて京都へもどったのは、近年のことであり、二条の妙覚寺《みょうかくじ》を将軍第とし、いくらか落ちついた暮しができるようになったとき、長尾景虎を京都に迎えたのである。

将軍義輝は、二十四歳の若さであったが、剣法を塚原卜伝《ぼくでん》や上泉伊勢守《かみいずみいせのかみ》にまなんだほどの豪気な将軍であったから、

「なんとしても、幕府のちからを強め、われらをたすけてくれる立派な大名を得て、政事《まつりごと》を正して行かねば、この、日本諸国にひろがってしもうた戦乱を、とりしずめることはできぬ」

と、考えている。

それだけに、長尾景虎のような武力も財力もあり、礼節をわきまえた大名を力強く、たのもしく感じたにちがいない。

義輝は、何度も景虎の宿所《しゅくしょ》へあらわれ、

「天下のことを、ともに、ちからを合せておこなおうではないか」

と、いった。

景虎も、若い薄幸な将軍を、こころから気の毒におもいもしたし、

（この将軍ならば……）

と、勇気にみちみちた足利義輝に好感を抱いた。

このような長尾景虎の人望と力量と、景虎が活躍しようとしている舞台の大きさにくらべると、上州・沼田の〔お屋形様〕である沼田万鬼斎も、いたって影がうすくなってしまうのである。

二

長尾景虎は、やがて越後へ帰ったが、それより関東へ出陣するまでには、まる二ヵ年余の準備をかけている。

自分が関東へ出て行った留守中に、領国の越後が乱れてはならぬし、甲斐の武田信玄の侵略に対しても、じゅうぶんに対策をたてておかねばならぬ。

越後の春日山から、はるばると上信越の国々をぬけて関東へ出て行くのであるから、それは非常な決意を必要とする。

まして越・上・信の三国は、冬ともなれば積雪の山々が行軍をさまたげる。長尾景虎としても、

「うかつにはうごけぬ」

のであった。

永禄三年となって……。

関東八州を名目の上で治めていることになっていた東公方《ひがしのくぼう》・足利晴氏《はるうじ》が、下総《しもうさ》・関宿《せきやど》で亡《な》くなった。

晴氏には四人の子があったけれども、北条氏康をはじめ、関東の諸将の争乱の中にあっては、いずれも単なる〔道具〕としてあつかわれるよりほかはない。

「いまだ！」

と、長尾景虎は決意をした。

景虎は、この年の暮れに、大軍をひきいて上州・厩橋城《まやばし》（いまの前橋）へ入り、ここを関東制圧の本拠とさだめたのである。

「景虎出馬」

と、きいて、関東の諸将がつぎつぎに、

「御味方つかまつる」

と、厩橋城の上杉本陣へ使者をさし向けて来た。

ところで、厩橋城の北方十里のところにある沼田城の沼田万鬼斎はどうしたろうか。

万鬼斎は、

「御味方つかまつる」

とはいわなかった。

まだ彼は、長尾景虎のことを、

「越後の小せがれめが……」

などと、うそぶいている。

しかし、南方十里のところへ本陣をかまえた景虎に敵対する勇気も、うせていたのである。

口では強がりをいってはいても、沼田万鬼斎は、長尾景虎の実力が、いかに恐るべきものかを耳に入れていた。

耳に入れたのは、金子新左衛門である。

むすめのゆのみと共に、沼田へ移って来てからの新左衛門は、たちまちに、万鬼斎にとって、

「なくてはならぬ男」

になってしまった。

金子新左衛門は、万鬼斎がつけてよこしてくれた家来たちのほかに、故郷の追貝《おっかい》にまだある自分の屋敷から、むかしの奉公人をよびよせ、村人の中からも、

「これぞ」

とおもう男たちを沼田に迎え、自分の家来とした。

こうした手の者を諸国へさし向け、諸国の様相や大名・豪族のうごきなどをさぐりとらせたのである。

新左衛門の手の者は、百姓・旅絵師・旅商人・旅僧などに変装し、越後や甲斐、それに関東の各地へ散って行った。

彼らは、もともと農民であったのだから、すこしも目に立つことはなかったし、こうした情報の収集に金子新左衛門は私財を惜しまなかった。

はじめは万鬼斎も、新左衛門のいうことを信じなかったが、月日がたつうちに、新左衛門が申したてたことが、いずれも実現してくる。

「近きうちに、長尾景虎は、かならず京へのぼりましょう」

といったときも、

「ばかなことを申すな。越後から京までの長い道中を、景虎が無事に通れるものか」

万鬼斎は、笑って取り合わなかった。

しかし景虎は、五千の兵をひきいて、堂々と京都へ出かけて行き、天皇にも将軍にも目通りをとげ、ふかい信頼をよせられて越後へ帰って来たではないか……。

こうなると万鬼斎も、金子新左衛門の意見をおろそかにはできなくなった。

新左衛門の〔金子美濃守〕は、さらに大きな屋敷をもらい、新しい領土も増え、万鬼斎の信頼と愛寵《あいちょう》は、尚《なお》も大きく深いものとなっていったのである。

万鬼斎には、だまってのことだが……。

金子新左衛門は、ひそかに厩橋城へあらわれ、長尾景虎に対して、

「あるじの沼田万鬼斎は、いささかも敵意を抱いてはおりませぬ」

と、申し出ていた。

景虎に直接会ったのではないが、景虎の重臣・柿崎景家《かきざきかげいえ》と会って、新左衛門は意中をつたえたのだ。

もっとも、長尾景虎はそのとき、沼田城なぞを振り向いてもみなかった。

景虎は、

「一気に、小田原城を攻め、北条氏康を討つ！」

との決意をかためていたのである。

厩橋城に越年をした景虎は、年が明けた永禄四年の二月になって、約一万の兵をひきい、これに関東諸将の連合軍をふくめた大軍をもって、先《ま》ず鎌倉へ入った。

小田原城を包囲したのは、三月の初旬である。

三

このとき、小田原城へたてこもった北条氏康は、すこしもあわてず、

「この城を攻め落すには、気が遠くなるような年月と大軍と、兵糧《ひょうろう》が要るのじゃ」

と、いった。

「景虎は、まだ若い。なるほど血気も烈《はげ》しく、戦さも強い景虎なれど、はるばると越後から出て来た大軍を、いつまでもこの小田原にとどめておくことはできぬ。いつまでも越後の自分の城を、国を留守にしていられるものではない」と、いうのである。

景虎は、

「一気に……」

と、攻めかけて見たが、小田原の町全体が巨大な城になっている小田原城を短い月日のうちに攻め落すことが、

「至難のことである」

たちまちに、さとった。

約一ヵ月後。

長尾景虎は、小田原の包囲を解き、

「いずれ、あらためてのことにいたそう」

全軍を、鎌倉へ引きあげさせた。

城は攻め落せなかったが、小田原の城下町の大半を焼きはらい、景虎は、まるで勝利をおさめたかのような威容をもって引きあげて来たのである。

北条氏康によって関東から追いはらわれた上杉憲政も、この出陣に参加してい、目《ま》のあたりに見る長尾景虎の颯爽《さっそう》たる大将ぶりに、すっかり感動してしまい、

「このさい、それがしに代って、関東管領の職へ正式に就かれたがよい。すでに天皇と将軍のおゆるしを得ておることでもあるし……」

しきりに、すすめた。

関東の諸将も大賛成であった。

そこで景虎は、

「おうけつかまつる」

と、こたえた。

鎌倉の鶴岡八幡宮において、景虎の上杉管領家の家督相続の儀式が取りおこなわれた。

この日の景虎は、麾下《きか》の諸将にまもられた網代《あじろ》の輿《こし》に乗り、参道をすすんだ。

ここに、長尾景虎は〔上杉政虎〕となり、この年の冬、京都の将軍からも〔管領〕就任のゆるしをうけ、将軍の名を一字もらい、名を輝虎《てるとら》とあらためた。

しかし、これよりのちの彼を、われわれにはなじみのふかい、

「上杉謙信《けんしん》」

の名をもって呼びたいとおもう。

彼が、あたまをまるめて謙信と号し、生涯、妻をめとらず、ひたすらに戦陣へ没したのも、

「自分のすべてを日本の戦乱平定にささげて生きぬこう!」

との決意があったからで、これは、甲斐の武田信玄も、女性との関係は別だが、謙信同様に剃髪《ていはつ》して戦陣への決意をかためている。

沼田万鬼斎とは信玄も謙信も、人物がかけはなれていると、いわざるを得ない。

かくて、上杉謙信の血気にまかせた第一次の関東出陣は、結果において失敗に終った、といってもよいだろう。

上杉軍が越後へ引きあげて行くと、小田原の北条氏康は、またも活発に行動を開始した。

戦争のほうは別としても、老巧の氏康は、上杉謙信の麾下に加わった関東の諸将へもはたらきかけ、これをふたたび、自分の勢力の下《もと》へふくみこもうとして工作をはじめ、かなりの成果をおさめたのであった。

いっぽう上杉謙信は、越後へもどると、すぐさま次の大会戦にそなえなくてはならなかった。

謙信は、関東から引きあげて来るときに発病しており、将兵も長い出陣に疲れきっていた。

そこを、甲斐の武田信玄がねらった。

信玄と謙信は、信濃の国の制覇を争って、烈しい戦闘を何度もくり返してきている。

「よし、今度こそは‼」

と、武田信玄は決意し、必勝を期して大軍をひきい、信濃へ出陣して来た。

謙信が病後であることと、将兵が疲労していることをおもい合せると、宿敵の謙信に、

「とどめを刺すのは、いまだ！」

と、武田信玄は感じた。

上杉謙信は、越後・春日山の居城へもどるや、病後の身をものともせずに動員令を

発し、やすむ間もなく信濃へ出陣した。

永禄四年九月十日。

両軍が、川中島において激突した戦争は、あまりにも有名である。

謙信が、みずから旗本をひきいて信玄の本陣へ突撃し、信玄に傷を負わせたほどの激戦となったわけだが……。

両軍の損害が大きかったのにくらべて、どちらも得るところはなかった。

たがいに総大将の息の根をとめることができなかったからだ。

その後も、上杉と武田は、信州と関東を、それぞれ自分の勢力下に置こうとして戦闘をくり返した。

一種の泥仕合といってよい。

双方の実力がすばらしく強く、しかも、くらべて見て遜色《そんしょく》がないために、いつまでたっても勝負が決しなかったからである。

信玄も謙信も、のちには、この泥仕合のため、戦国末期のたいせつな時機に自分たちのちからを殺《そ》がれ、ついには天下をわが手につかむ機会をうしなってしまうことになる。

もし、この二人が早いうちに協力をするか、またはどちらかの戦力が劣っていたと

したら、その後の日本の歴史は、大きく変っていたにちがいない。

そして、この二人の〔泥仕合〕を、もっとも有効に利用し、事実上の〔天下人《てんがびと》〕になったといってもよいのが、あの織田信長だったのである。

四

尾張《おわり》の小さな大名にすぎなかった織田信長が、今川義元を桶狭間《おけはざま》に奇襲し、義元の首を討ったのは、永禄三年の初夏のことであった。

今川義元といえば、足利将軍家とも関係のふかい立派な家柄を背景にして、駿河・遠江《とおとうみ》・三河の三国の大半を領していた大名である。

小田原の北条家とも、甲斐の武田家とも婚姻関係をむすんでいたし、天下をねらう戦国大名の中でも、もっとも有力視されていた今川義元でもあった。

義元は、四万の大軍をひきい、上洛せんとした。

いや、すくなくとも上洛のための進軍を開始した。

その道すじにいる織田信長を、

「先ず、討とう！」

とした。

信長は切羽《せっぱ》つまり、しかも尚、みずから二千余の兵をひきいて清《きよ》洲《す》の城を駈《か》け出《い》で、そのまま一気に、尾張の桶狭間にある今川義元の本陣へ突進した。

折からの雷雨が、信長の奇襲にさいわいした。

織田軍の十何倍もの今川軍が、大混乱におち入り、総大将の義元が首を討たれてしまった。

（まさかに、そのようなことが……？）

と、このことをきいた沼田万鬼斎も仰天したものだ。

織田信長などという小大名の存在など、

（気にもとめていなかった……）

万鬼斎なのである。

もっとも、それは沼田万鬼斎のみではなかった。

どこの大名も、信長の存在に注目するようなことはなかった。

それだけに、おどろきも大きかったのであろう。

しかし、当時は、信長の運のよかったことのみがとりあげられ、義元の勝ちほこった油断がとがめられたのみであった。

〔奇蹟《きせき》〕の眼で見られたのだ。

だが、七年後に……。

織田信長は、美濃の国の斎藤氏を討ち、清洲から岐阜へ居城を移した。

その間の猛烈な進撃ぶりと、政治的工作の見事さと、自分の領国にほどこした内政の細心さとを見ているうち、人びとは、

（これは……？）

と、感じるようになってきた。

信長は、戦争をしていながら、領国を繁栄させて行く。これが、信長の卓抜した才能であった。

美濃の斎藤氏は、信長にとって妻の実家であった。

その実家の内乱につけこみ、信長は美濃の国を〔わがもの〕にしてしまった。

尾張と美濃の両国は、それぞれに実りゆたかな平野をもち、資源が豊富である。

そのゆたかな国の富がたちまちに戦力に変る。

信長は、めぐまれていた。

美濃の国を取って、岐阜に本城をかまえた信長は、

「あっという間に……」

京都への最短距離に立ったことになる。

そのころ、沼田万鬼斎は六十をこえていた。

かつて、たくましい腕にゆのみを抱きすくめたような精気は失《う》せていた。

その数年前から、万鬼斎の健康がおとろえはじめてきたからである。

一説によると……。

永禄三年の夏に、万鬼斎はいちど病気に倒れ、一年ほどして回復したけれども、以後はとみに元気がなくなった、といわれる。

万鬼斎が、三男の弥七郎朝憲《とものり》に、おもいきって家督をゆずりわたしたのも、自分の老齢と健康に見きわめをつけたからであろう。

弥七郎が、新しい沼田城主となったのを、もっともよろこんだのは、万鬼斎夫人の於牧の方であった。

それというのも、万鬼斎が愛妾ゆのみの生んだ平八郎を溺愛《できあい》するあまり、

「跡つぎは、もしや、平八郎様になるのではないか？」

という風評が、沼田城内にもきこえるようになっていたからだ。

しかし、いかに平八郎が可愛《かわ》ゆくとも、弥七郎の武将としての素質は、だれの目にもあきらかであった。

父・万鬼斎ゆずりの体軀《たいく》は、見るからに堂々としてい、武勇にすぐれ、しかも情愛ふかいところがあったので家臣たちの人望も厚い。こうした弥七郎を、万鬼斎も無視できなかった。

だが本心は、

(平八郎に、わしの跡をつがせてやりたい)

万鬼斎であった。

(わしが、あと十年。むかしのように元気でおれば、平八郎も二十六、七歳に成長する。そうなれば……)

と、残念でならない。

夫人が、万鬼斎の居館へあらわれ、

「このたび弥七郎が家督のよし、まことに、おめでとうござります」

と、あいさつをのべたとき、万鬼斎は、実に厭《いや》な顔つきになり、返事もしなかった。

そのとき、ゆのみがあらわれ、こぼれんばかりの愛嬌《あいきょう》をたたえ、病身の夫人をまめまめしく介抱した。

夫人は、

「これでよい。これで、わたくしも安心をした」

といい、弥七郎の家督に、これまで張りつめていた緊張がゆるんだものか、翌年の秋に病歿してしまった。

いま一人、夫人・於牧の方同様に、弥七郎の家督をよろこんだものは、なんといっても、和田《わだ》十兵衛《じゅうべえ》であったろう。

和田十兵衛光政《みつまさ》は、弥七郎と同年の二十六歳になる青年武将で、祖父・光照《みつてる》の代から、沼田家につかえている。

十兵衛は、幼少のころから弥七郎の相手にえらばれ、武術も学問も、共にまなんだ。父・光久《みつひさ》亡きのち、十兵衛は和田家の当主となったが、弥七郎朝憲とは主従の間柄でいながら、兄弟のような親密さを保ちつづけている。

彼が、弥七郎の家督が実現したことをよろこぶこころが、他の家臣たちよりも深く大きいのは、こうしたわけがあったからだ。

兄弟といえば、弥七郎は、ゆのみが生んだ異母弟の平八郎をも愛した。

「いまに、平八は、おれの片腕になってくれるにちがいない」

といい、平八郎もまた、

「兄上に、いつでも、私のいのちをさしあげます」

と、双眸《そうぼう》を輝やかせてこたえた。

十六歳の純真な平八郎に、異母兄の情愛が、つたわらぬはずはない。

平八郎は生得《しょうとく》、眼に映るもののすべてに善意を見出《みいだ》し、これを信じてやまぬ素直さをそなえていた。

この性格が、のちに、彼の生涯を決定することになる。

この物語は、これからのち、沼田平八郎景義の成長にしたがって、展開して行くことになろう。

「あまりに、平八郎さまが弥七郎さまになつかれているので、これからの事が、はこびにくくなるのではないかな?」

と、或夜《あるよ》、金子新左衛門が、ゆのみの部屋へあらわれて、そういった。

そのとき万鬼斎は、廊下をへだてた奥の寝間で、ぐっすりとねむっている。

五

いまのゆのみは、十六年前の彼女ではない。

しかし、三十をこえていながら、ゆのみの肉体だけは、十六年前とすこしも変らぬように見える。

若いころにくらべて、肥えてもいないし、痩《や》せてもいない。

それでいて、何やら侵しがたい貫禄と気品が身にも顔にもそなわってきている。

それはやはり、城内・二の丸の保科曲輪《ほしなぐるわ》の館《やかた》に、多勢の家来や侍女にかこまれ、正夫人・於牧の方をしのぐ勢力《ちから》を駆使し、沼田城の〔女王〕として送り迎えた十六年の歳月によるものであろう。

ゆのみと万鬼斎の間に生まれたのは、平八郎ひとりであった。

万鬼斎が、愛妾の生んだ平八郎を溺愛したのと同様に、ゆのみにとっても平八郎は、むしろ彼女の人生そのものといってよかった。

三十歳も年がちがう万鬼斎は、いずれ近い将来に、この世を去ることであろう。

そのときに、自分の腹をいためた平八郎が万鬼斎の跡をつぎ、沼田城主になっているのといないのとでは、ゆのみの置かれる環境は非常にちがってくる。

万鬼斎が死んでしまえば、ゆのみの背景となっている大きなちからが、一瞬にしてうしなわれてしまう。

そして、正夫人が生んだ弥七郎が沼田城主となってしまえば、ゆのみと平八郎は、先代城主の妾《めかけ》とその子という立場のみが強調され、必然、肩身せまく暮して行かねばなるまい。

そのことをおもうと、ゆのみは慄然《りつぜん》となった。
（これほどに、殿さまが可愛ゆくおもうている平八郎の生涯を、日蔭《ひかげ》のままに送らせたくない）

近ごろの、ゆのみは、この一事をおもいつめて暮しつづけてきた。

ことに数年前、万鬼斎が大病をしてのち、見る見る体力と気力がおとろえてくるのがわかるだけに、ゆのみは、いてもたってもいられぬほどであった。

「平八郎の行末は、いかがになるのでございましょう？」

夜の寝間で、ゆのみは何度も、万鬼斎にうったえた。

万鬼斎は、そうしたとき、

「安心せよ。わしの跡つぎは平八郎じゃ」

と、いってはくれなかった。

平八郎を跡つぎにしたいのは、ゆのみ同様におもいつめている万鬼斎なのだが、正腹の弥七郎をしりぞける理由が何一つ見当らぬのである。

それに、和田十兵衛をはじめとする中堅実力派の家臣が、いのちをかけて弥七郎をまもっている。

この実力派は、老いた重臣たちより身分も俸禄《ほうろく》も低いが、いざ、戦争がはじまった

となると、沼田の中心戦力となる。彼らは精強な部隊をもち、結束がまことに堅い。

実力派は、

「うっかりと、欅御前《けやきごぜん》ゆのみのことにこころをゆるしてはならぬ。なんとしても、跡をつぐのは弥七郎様でなくてはならぬ」

と、いい合い、老いた万鬼斎を絶えず牽制《けんせい》してきている。

万鬼斎としても、彼らを重く見ぬわけにはゆかない。

また、肝心の弥七郎に対しても、

（わしの跡をつぐに、ふさわしいやつ）

と、万鬼斎はおもっていた。

ゆのみが平八郎を生むまでは、万鬼斎にとって弥七郎朝憲は、かけがえのない〔希望〕であり、〔よろこび〕でもあった。

こうしたわけで、沼田万鬼斎も、いかに、ゆのみのねがいが強烈なものであっても、

（このことのみは、ききいれるわけにはゆかぬ）

のであった。

そして、ついに、万鬼斎は、弥七郎へ家督をゆずりわたすことを公表した。

と見るや、ゆのみの態度が一変した。

万鬼斎に対しては、二度と、平八郎のことを口にのぼせなくなった。

家来や侍女たちを、まことにこころやさしくあつかうようになった。

家来たちがおどろいたのは、これまで本丸に住む正夫人・於牧の方のもとへあいさつに出かけたこともない欅御前が、弥七郎家督の祝儀《しゅうぎ》をのべに、本丸へ出向き、

「このたびは、まことに祝着に存じまする」

夫人に、うやうやしく祝いのことばをのべたことであった。

夫人も、のちに、

「わたくしは、これまで、欅御前のことを悪《あ》しゅうおもいすぎていたようじゃ。あのようにこころのこもった、やさしい祝いのことばをのべにまいられたのが、うれしゅうてならぬ。これよりは何事も欅御前と近しゅう親しゅうまじわってゆきたい」

と、もらしたそうである。

これまでは、父の金子新左衛門と共に、ただならぬ権勢をほこり、万鬼斎をおもうままにあやつってきたゆのみだけに、その変貌《へんぼう》ぶりが、ひとしお鮮やかに、人びとの眼に映じた。

「さすがの欅御前も、わが子のことをあきらめたのであろう」

「これで、すべてがうまくはこぶにちがいない」

「先ず、よかった」

などと、家臣たちは蔭でうわさをし合った。

和田十兵衛光政は、ごく親しいものに、欅御前の変貌について、

「御前は悧《り》巧《こう》な女だ」

と、もらしたのみであった。

「よし、よし。それでよし」

と、金子新左衛門がゆのみにいった。

「いまのところは、だれの目にも、欅御前がこころよく映るようにしておればよいのじゃ。まあ、ゆのみ、この父に何事もまかせておけ。事を急いではならぬぞ。よいか」

「なれど……平八郎と弥七郎どのが、あまりにも仲ようしておるので、いざともなったときに、そのことが案じられてなりませぬ」

「よいわ。それもこれも、わしがすっかりとのみこんでおる。まかせておけい、まかせておけい」

第四章

一

老父の万鬼斎にかわって、沼田城主となった沼田弥七郎朝憲《とものり》は、その翌年、上杉謙信のまねきに応じ、みずから兵をひきいて越中《えっちゅう》（富山県）に出陣をした。

上州・沼田から、はるばると越後・春日山の上杉謙信のもとへおもむき、それから上杉軍の一部将として越中へ向ったのであった。

越中と越後は、日本海沿岸において国境を接している。

このために、上杉謙信は、信州・上州から関東へかけての出兵をおこなうと同時に、越中の平定にも、なみなみならぬ精力を投入しなくてはならなかった。

だから、越中にある椎名《しいな》・神保《じんぼう》・土肥《どひ》などの大名たちは、石山（大坂）の本願寺と通じて、越中の一向宗教をうごかし、上杉軍の侵入に反抗すると共に、駿河の今川氏《うじ》真《ざね》や甲斐の武田信玄、それに小田原の北条氏政とも手をむすんで上杉謙信をなやまし

つづけてきている。

戦国時代も、ようやくに、その終末期へ入った。

こうなると、戦闘のみでなく、有名大名たち相互の、

〔外交戦〕

が、目まぐるしくおこなわれるようになった。

その場その場の利害によって、双方は同盟をむすんだり、また争ったり、それを忘れてまたも新らしく手をつなぎ合ったりした。

永禄十一年の春。

上杉謙信が、越中出陣にさいして、わざわざ遠国の沼田へ、

「弥七郎殿に御出馬をねがいたい」

と、いい送って来たのは、

(沼田の、われへの忠誠がどのようなものか……)

試して見るつもりであったものと見える。

いまは、隠居した沼田万鬼斎であるが、

「われらは、上杉が関東出陣の折にのみ、ちからを貸してやればよいのじゃ。なにもはるばると越中まで出て行くことはないぞよ」

と、怒った。万鬼斎にはまだ、

(上杉の小せがれめの指図など、いちいち受けておられるものか)

という気もちが残っている。

また、弥七郎朝憲も新城主として、

「われらは、これでも謙信公の代りに上州へ目《まなこ》を光らせているつもりでいるのだ。沼田の城を留守にして、越中まで出て行ったのちに、北条なり武田なりの軍勢が、もしも沼田へ手をのばして来たら、どうなる」

不満であった。

しかし、弥七郎を補佐している和田十兵衛は、

「いや、殿。これは出陣されるべきでござろう。上杉謙信公は、のちのち殿が、上杉家にとってどれほど頼みになるかを試そうとしておられるにちがいありませぬ。いまここで、謙信公のまねきに応ぜぬとなれば、謙信公がつぎの関東出兵の折に、われらは手痛い目にあうことになりましょう」

と、いった。

いまは、諸国の小勢力が、いくつかの大勢力にふくみこまれつつあるときだ。

そして、その大勢力どうしの戦争がおこなわれ、最後に勝ち残ったものが、

「天下をわがものにする」

のである。

沼田家としては、かならずしも上杉謙信が〔天下統一〕を成しとげると決めこんでいるわけではない。

けれども、現在の勢力分布状態と、沼田の地理的条件をおもい合せるとき、いまここで、上杉家にそむくことは、危険きわまることなのであった。

「沼田へも、じゅうぶんに兵を残して置き、殿は、お手まわりの兵のみをひきつれて謙信公のもとへ参じられたがようござる。なに、越中の出陣では、さしたる戦さもござるまい。この十兵衛も御供つかまつり、かならずや、殿の御身をおまもりいたしましょう」

と、和田十兵衛がいいきった。

それに金子新左衛門も、ひそかに沼田万鬼斎の隠居所へ伺候《しこう》し、

「こたびはやはり、若く新しい城主となられた弥七郎様が、謙信公のおんために御出陣なさるがよいと存じまする」

と、進言をした。

愛妾《あいしょう》ゆのみの父であり、ふかい信頼と愛寵《あいちょう》をかたむけている金子新左衛門のことば

をきくや、万鬼斎も、

「そちが申すのなれば……」

不承不承に、反対意見を引きこめたのである。

いま、万鬼斎は、本丸の屋形を平八郎へゆずりわたし、自分は、ゆのみが住む欅御《けやきご》殿《てん》を〔隠居所〕としている。

その夜。

金子新左衛門は、ゆのみと共に万鬼斎の酒の相手をつとめた。

近頃の万鬼斎は、体力がとみにおとろえてい、すこしの酒にも酔いつぶれてしまう。

万鬼斎が寝所へ入り、ねむりに落ちた後で、金子新左衛門がゆのみにいった。

「のう……これでもし、殿が越中へ出陣なされ、討死でもあそばしたなら、つぎの城主になるものは、お前が生んだ平八郎のみということになる」

「はい」

ゆのみの双眸《そうぼう》に、強い光りが凝っている。わが子への愛と、わが子の栄達へ賭《か》けている野望の光りであった。

「なれど父上。あの、和田十兵衛が、殿のおそばについておりますゆえ……」

「十兵衛はな、こたびの出陣あるときは、一命にかえても殿の身をまもりぬく、と、

かように申しておるそうじゃ」

「はい」

「十兵衛だけは、早いうちに、何とかせねばならぬ」

「われらの味方に引き入れたいものじゃ。のう、父上」

「いかさま。わしも、これまでに何度か、和田十兵衛の袖《そで》をひいて見たが、いっこうに乗ってこぬわい。なれど、そのうちに……」

「なんぞ、よい考えでも?」

「ないこともない。十兵衛はな、去年の正月に妻を病いでうしなってよりこの方、一人の女ごをもそばに近づけぬという」

「あ……なるほど」

「ふ、ふふ……ま、わしのすることを見物しておれ」

二

こうして、沼田弥七郎は、和田十兵衛以下二百名ほどの将兵をひきいて、上杉謙信のもとへ参陣し、越中へ出兵したが、小戦闘を数度まじえたのみで、

「春日山へもどる!!」

と、上杉謙信は早くも放生津《ほうしょうのつ》（いまの射《い》水《みず》市）の陣を引きはらって、あわただしく越後へ帰った。

これは、信濃の飯山のあたりへ、武田信玄が侵入して来たからである。

このように信玄は、宿敵・謙信の留守をねらっては、謀略と出撃をおこない、謙信をなやませてきていた。

春日山へ帰ると、上杉謙信は沼田弥七郎に、

「こたびは、まことに御苦労であった。ただちに沼田へ帰られ、ゆだんなく城をかためられたい」

と、いった。

武田軍の蠢動《しゅんどう》には予断のゆるさぬものがある。

いまや沼田の地は、上杉謙信にとって、関東平定のための、重要地点になってきていた。

「ぬきさしならぬ……」

沼田弥七郎は、すぐさま春日山を発して、帰国した。

そのとき、弥七郎は騎乗であったが、特別に輿《こし》をつくらせ、

「十兵衛、乗れ」

と、いった。

和田十兵衛は、越中の戦闘で右の股《もも》に深い矢傷を受けていたのである。

「なに、大丈夫でござる」

と、十兵衛は辞退をしたが、弥七郎は顔色を変えて、

「ならぬ。わしの命《めい》じゃ」

と、きびしくいった。

「なれど、家臣の私めが輿に乗るわけにはまいりませぬ」

「申すな。そちに万一のことでもあれば、わしの片腕が落ちたも同様ではないか」

「まさかに、これしきの傷で死ぬることも……」

「その矢傷は膿《うみ》をもっているぞ。戦陣の傷所《きずしょ》は、たとえわずかなものにてもゆだんがならぬときいている。さ、乗れ。乗らぬか、十兵衛」

ここまでいわれては、辞退するわけにもゆかなかった。

十兵衛は、ありがたく輿に乗ることにした。

輿にゆられつつ、和田十兵衛は感動の泪《なみだ》をうかべている。

(おれは、武人として申し分のない主君をもった)

その感動であった。

十兵衛の亡父・和田光久が、少年のころの十兵衛へ、こういったことがある。

「沼田の御城こそは、わが家である。主君は父であり、家臣は子である。ゆえにこそ、たがいに父と子のいつくしみが通わぬときは主従でもなければ、忠義のこころもない。このことを、ようおぼえておけ。それでのうては、なんで、わがいのちを捨てて戦い、城と主君をまもれよう」

ずっと後年に、戦乱の世が絶えて、徳川将軍のもとに二百何十年もの平穏な時代がつづくようになってからの大名と家来の関係とは大分にちがう。

戦国時代の主人と家来には、何よりも〔親愛〕のきずな一つによってむすばれていたのである。それでなくては主人も家来も成りたたぬ。主人はいのちがけで家来と領民とをまもり、家来もまた同様に主人と領国のために戦う。

いかに一国の主《あるじ》であっても、この点に神経が通わぬ武将は、たちまちに家来の信頼をうしない、勝ち残っては行けない。

あの沼田万鬼斎でさえも、可愛《かわい》い妾腹の子の平八郎を新城主にすることを遠慮し、家臣たちの望みをいれて、弥七郎に沼田の家と領地をゆずりわたしたではないか。

だが、万鬼斎も、元気で沼田へ帰って来た弥七郎を迎えると、さすがに、

「ようも、ぶじで帰って来てくれた」

両眼をしばたたき、弥七郎の手をつかみ、

「おぬしが留守中、なんとのう、こころ細かったぞよ」

などと、いった。

万鬼斎は躰《からだ》のみか、こころも弱りきってしまっている。往年の〔金剛神《こんごうじん》〕のような威厳とたくましさは、いまの万鬼斎のどこにも見られなかった。

しかし、もっとも弥七郎の無事をよろこんだのは、夫人の於波津《おはつ》の方であったろう。

於波津の方は、上州・厩橋《まやばし》の城代・北条弥五郎高定《きたじょうやごろうたかさだ》のむすめで、去年、弥七郎が沼田の当主となるすこし前に、沼田へ嫁いできたものである。

それに於波津の方は、夫・弥七郎が出陣中に、はじめての女の子を生み落していた。

これには、弥七郎もよろこんだ。

武人の家の子としては、もちろん、男子の出生をねがっていたのだろうが、弥七郎夫妻の若さと健康をもってすれば、今度の女子出生のことも、これからの希望をさらに大きくするだけのことであった。

また、沼田万鬼斎は、弥七郎が留守の間に、別の〔隠居所〕を建築しつつあった。

沼田城内にではない。

沼田の東方三里余の山間《やまあい》にある〔川場《かわば》の温泉《ゆ》〕へ、新邸をいとなもうというのだ。川場の湯は、万鬼斎の病気に効能があったらしく、これまでにも数度、万鬼斎はゆのみをともなって湯治に出かけていた。

万鬼斎の眼には、沼田弥七郎が見ちがえるほど、たのもしく見えた。数ヵ月の出陣にすぎなかったけれども、新城主となってから初の出陣であっただけに弥七郎はそれだけ強い責任を感じていたにちがいない。

そうした神経のくばり方や苦労が彼をひとまわり大きく見せた、といってもよい。

万鬼斎のみか、沼田で留守をしていた家来たちも、

「わずかな御出陣の間に、殿は、まことに立派になられた」

「これで、われらも大安心というものじゃ」

と、うわさし合っている。

万鬼斎は、負傷した和田十兵衛へも、ねぎらいのことばをかけ、

「矢傷は、小川の湯へまいって湯治したがよい」

しきりに、すすめてくれた。

〔小川の温泉〕は、かつて万鬼斎が愛妾ゆのみを獲たところである。

弥七郎朝憲も、十兵衛の湯治については大賛成であった。

夏が来ようとしていた。

その、かがやくような青葉のしたたりの中を、和田十兵衛は、老僕の茂助が轡《くつわ》を取る馬の背にゆられて、小川の湯へ向ったのである。

三

十七年前に、沼田万鬼斎が〔小川の湯〕へ滞留したとき、金子新左衛門が建てた宿所が、まだ取りこわされずに残っていた。

ゆのみが沼田城へ入って万鬼斎の愛妾となって以来、万鬼斎もゆのみも小川へ姿を見せたことはない。

だが、村の人びとは、

「御屋形さまの御宿」

とよんで、宿所の手入れをおこない、万鬼斎がいつ来ても、すぐに宿泊ができるようにしておいたのだ。

それというのも万鬼斎は、はじめのうち、新しい隠居所を〔小川の湯〕へいとなむ

つもりでいて、その考えを金子新左衛門に洩《も》らしたことがある。

「なれど、小川の湯よりも川場の湯のほうが、わしの躰にはよい。やはり、隠居所は川場にいたそう」

と、今年になってから万鬼斎が決定を下した。

万鬼斎の持病というのは、現代《いま》でいう〔関節炎〕で、その激痛が起ると、六十をこえた万鬼斎が赤子のような泣声をあげた。

そのほかに心ノ臓も、このところよくないらしい。

和田十兵衛が小川の湯へ湯治に出かけるとき、万鬼斎は自分の宿所を、

「遠慮なく使うたがよい」

と、いってくれた。

十兵衛は、かつて万鬼斎が寝所にしていた部屋と廊下をへだてた小部屋に寝泊りをすることにした。

小川までつきそって来た五名の家来たちへ、

「つきそうものは茂助爺《じい》ひとりでよい。お前たちは沼田へ帰り、留守をしっかりとたのむ」

十兵衛が、そういった。

十兵衛の股の矢傷は、かなり化膿《かのう》している。

小川へ来て、はじめて湯につかって寝た夜あけに、十兵衛は高熱を発して苦しみはじめた。

茂助の知らせで駈《か》けつけて来た名主の平滝源五兵衛が、すでに意識が、混濁している和田十兵衛を見て、

「あ……これなら大丈夫」

と、いった。

「すりゃ、まことで？」

「茂助どの。安心なされ。これはな、早くも温泉《ゆ》の効目《ききめ》があらわれたのじゃ。明日となって十兵衛さまが、気づかれたなら、いささかむりではあっても、湯につかられたほうがよい。高い熱に恐れることはありませぬよ」

むかし、ゆのみと結婚をするはずだった弟の源太郎を何者かに殺害された源五兵衛だが、そのときの痛手もようやくに消え去ったようである。

小川へ到着したとき出迎えてくれた平滝源五兵衛へ、

「お世話になり申す」

丁重にあいさつをした和田十兵衛をひと目見て、源五兵衛は、

「立派な御方じゃ。あのような御方が新しい御屋形さまのおそばについておられるのかとおもうと、わしまでが、何やらこころ強くなってくる」

帰宅してから、妻や子たちへ語ったほどであった。

翌日、十兵衛は意識をとりもどし、茂助の介抱をうけて温泉につかった。

この夜も、熱が下らなかった。

ところが、その翌朝。

十兵衛の股の傷所から、青ぐろい膿があふれるようにながれ出してきた。

やはり、平滝源五兵衛のことばのとおりになった。

「昨日までの痛みが、夢のようにおもえる」

十兵衛が、さわやかな声で、

「ここへ来てよかったな、茂助」

「はい、はい。あれほどに腫《は》れあがっておりました傷所が、まるでうそのように、しぼんでしまいました」

「さて、今日も湯へつかろう」

「はい、はい」

翌日、また膿が出た。

膿の色が黄ばんできて、つぎの日には血がまじった。

「もう、これで大丈夫じゃ」

十兵衛は、すっかり元気になった。

越中から越後における陣中から沼田へ帰るまで、いろいろに手当をつくしてきたが、一時は十兵衛も、

（これは、おもいのほかに傷の中が腐っているのではあるまいか。もしやすると、いのちとりになるやも知れぬ）

と、おもったほどに、苦痛が烈《はげ》しかったのである。

灰色につやをうしなっていた十兵衛の肌に、血の色がよみがえりはじめた。食欲《しょくよく》も出て来た。

こうして半月ほどがすぎると、十兵衛は、すっかり健康をとりもどし、

「近いうちに、沼田へもどろうか……」

茂助に、そういい出すようになった。

けれども十兵衛は、夏の陽光につつまれた〔小川の湯〕の自然のすばらしさにも、強く、こころをひかれていた。

梅雨期に入る前の名残りを惜しむかのように好晴がつづき、鬱蒼《うっそう》たる樹林で、しき

りに老鶯《おいうぐいす》が鳴いた。

温泉は、山襞《やまひだ》を奔《はし》る渓流の岩間にわき出ている。

いま、このあたりは〔美濃守〕となった金子新左衛門の領地になってい、新左衛門からひそかに、

「和田十兵衛殿の湯治の邪魔をしてはならぬ」

という達しが出ていたため、村人たちは温泉に近づいて来ない。

それを十兵衛は、ふしぎにおもい、

「このあたりの村の人びとは、湯にも飽《あ》いているらしい」

と、茂助にいった。

〔小川の湯〕の北から西へそびえる武尊《ほたか》の山なみの一つである赤倉山の向う側に、沼田万鬼斎が隠居所をもうけるはずの〔川場の湯〕があった。

（大殿も、すっかり、おとろえてしまわれた……あれほどに剛気でおわした御方が、あのように萎《な》えきってしまわれるとは、な。それにしても、さすがに大殿だ。欅御前や金子新左衛門が、おそらく懸命に平八郎様を跡つぎにといいたてたことであろうが、大殿は、ついに、正腹の弥七郎様へ沼田城をおゆずりなされた）

一年前の、そのことが、いまも和田十兵衛光政にはうれしくてならない。

万鬼斎の決意によって、沼田家に内紛が起らずにすんだのである。

しかも、ゆのみが生んだ平八郎は、腹ちがいの兄・弥七郎を慕い、弥七郎もまた、十歳年下の弟・平八郎を愛している。弥七郎はむかしから幼ない弟に、みずから馬術を教え、太刀のつかい方を教えこんだりして、よく可愛《かわ》いがってきた。

(なにもかも、これからはうまく行く。いや、うまくはこばねばならぬ。なんとしても、これからの世はすさまじい姿を見せるにちがいない。沼田の領主だからといって、いつまでも安穏にすごして行けるわけがないのだ)

傷が癒《い》え、体力を回復するにつれ、和田十兵衛の胸は、ふたたび、するどい緊張にしめつけられてきはじめた。

四

(もうすっかり、癒えたな)

岩にかこまれた湯壺《ゆつぼ》の中で、十兵衛は股の傷所の肉のあがりを指先でたしかめていた。

この湯壺は二坪ほどのひろさなのだが、すこしはなれた岩間の湯壺は、もうすこし

大きい。

湯壺には、かたちばかりの板屋根がさしかけてあるが、わき出る温泉が岩の上をあふれて、そのまま渓流へながれ入るほどに湯量がゆたかなのである。

渓流の音が、あたりをみたし、夕闇《ゆうやみ》が淡くただよいはじめていた。

茂助は、十兵衛の夕餉《ゆうげ》の膳《ぜん》につける岩魚《いわな》でも釣りに出たのか、あたりに姿が見えなかった。

渓流の対岸に、黄白色の穂状の小花をふさふさとつけた栗《くり》の木や、椎《しい》の花も見える。むせかえるような緑の氾濫《はんらん》であった。

(や……?)

湯けむりの中に両眼をとじていた十兵衛は、彼方《かなた》の、別の湯壺に人の気配を感じた。

(めずらしく、村人が湯につかっているらしい)

おもわず眼をやって、

(女……)

十兵衛は息をのんだ。

若い女である。

夕闇と湯けむりをへだててはいるが、女は、実に見事な裸身を湯壺のまわりの岩の

上へ横たえているのだ。

(大胆な……おれが、ここにいることを知らぬと見える)

浮かびかけた苦笑が、十兵衛の顔から消えた。

もりあがった女の胸乳《むなぢ》が、十兵衛の視線を釘《くぎ》づけにした。

女の長い髪が右肩のあたりから乳房の傍《わき》にまで這《は》いながれ、なめらかな下腹のふくらみの太股に消えこむあたりが、くろぐろと翳《かげ》っている。

そのまま、十兵衛も女もうごかなかった。

濃くなった夕闇が、女の裸身をおおい、十兵衛が眼の疲れをおぼえて目をとじ、すぐにまたひらいたとき、女の姿はもう湯壺にも岩の上にも見えなかった。

(どこの女か……)

十兵衛の脳裡《のうり》を、先年、子も生まずに病死してしまった妻の、骨張った肉のうすい裸身がかすめていった。

「おお、いま行くぞ」

十兵衛をよぶ茂助の声が、きこえた。

こたえて湯壺からあがった十兵衛の喉《のど》は、痛みをおぼえるほどに、かわき切っている。十兵衛は岩の上に屈《かが》み、渓流の冷めたい水を、おもうさまにのんだ。

次の朝。和田十兵衛の目ざめはおそかった。

十兵衛の食事の世話をしながら、茂助が、

「では、明日、沼田へおもどりに?」

きいたとき、十兵衛は、

「さて……いますこし、ここにいてもよいな」

と、こたえた。

「それがようございます。このようなときにこそ、こころゆくまで、ゆるりと、お躰をおやすめなさいましたほうが……」

「うむ」

「爺は、これから魚を釣ってまいります」

「すまぬな」

「なんの……」

茂助は、魚釣りが大好きなのである。

茂助にとっても、今度の主人の休養は、この上もない愉楽なのにちがいない。

茂助が出て行ったあとで、十兵衛は、湯壺へ下りて行った。

めくるめくばかりの青葉のにおいがたちこめている。

湯壺の中の十兵衛の裸身が青く染まってしまいそうだ。

（あの女……今日もまた、夕暮れにあらわれるだろうか……）

期待があった。

二十七歳の和田十兵衛の風貌《ふうぼう》は端正であったが、三十をこえて見えた。

思慮ぶかい彼の性格ゆえに、であろうか。

そのかわり、十兵衛の肉体は、たくましい骨組みが〔なめし皮〕のように強靭《きょうじん》な皮膚におおわれた筋肉をみっしりとつけてい、武術にきたえぬかれた四肢は俊敏にととのっている。

昨夜は、何故《なぜ》か、ねむれなかった。

若い女の裸身を見て、いまさら十兵衛のこころが昂《たか》ぶるはずもないのだが、しかし、ねむれなかった。

妻が亡《な》くなってから、十兵衛は一度も女にふれてはいなかった。

何故か、と問われても、そのこたえは出ない。

ふれようともおもわなかった。

それというのも、妻が病床についてからの約半年、十兵衛は禁欲をまもっていたし、それが別に苦痛でもなくなっていたのだ。

十兵衛の若さゆえに、禁欲も可能なのである。

沼田弥七郎の家督に引きつづいて、越中への出陣があり、十兵衛はひたむきに、弥七郎を補佐すべく心身をうちこんできたのであった。

しかし、いま……。

負傷後の肉体は、実りを要求し、十兵衛の食慾はさかんをきわめている。

療養のこころの安らぎが、十兵衛の心身を解放している。

昨日の、夕闇の底に消えた女の裸身を想《おも》って、まんじりともせずに一夜を明かした自分が恥ずかしかったけれども、

(これから、ねむろう。そして、夕暮れになったなら、また、ここに……)

と、十兵衛が身を起した。

振り向いて、十兵衛は両手を岩の上につき、

「あ……」

低く叫んだ。

目の前に、女がいた。

昨日の、若い女なのである。

しかも裸体であった。

陽光につらぬかれた樹林の鮮烈な反映が、女の裸身をまっ青にそめていた。

二《に》歳仔《さいご》の雌鹿《めじか》のような女の肉体であった。

女は、うつ向き、うずくまっていた。

「村のものか……？」

と、十兵衛が、かわいた声できいた。

女は、かすかにうなずいた。

「おれを、和田十兵衛と知ってか？」

またも、女がうなずいた。

「名は、なんと申す？」

「おふいと、申しまする」

かすれた、甘い声なのだ。

「なにをしに来た？」

「湯を浴びに……」

ささやくようにいって、女が、十兵衛の湯壺へ身をすべりこませてきた。

そのまま、向き合って、にらみ合うように二人はたがいの顔を見つめた。

おふいと名のった女の双眸は、白い部分が無いといってよいほどに黒ぐろと大きく

張っている。

ぼってりとふくらんだくちびるの紅《あか》さは化粧によるものではない。

山鶯の囀鳴《てんめい》も、十兵衛の耳へは入らぬ。

ややあって……。

和田十兵衛の両腕がゆっくりとさしのべられ、女の、まるい肩をつかんだ。

「お前は、金子美濃守殿のいいつけで、ここへ来たのか？」

女はこたえず、うつ向いた。

そのうなじは湯気にぬれて光っている。

「ちがうか？」

「………」

「そうであろう？」

「………」

「よし」

うなずいた十兵衛の、胸肌のあたりから喉もとへ……そして顔面が、強い酒を一気にのみほしたときのように赤くなった。

「それもよいわ」

いうや和田十兵衛が、おふいを抱きすくめた。

五

それから十日。

十兵衛は〔小川の湯〕にとどまっていた。

十兵衛は沼田へもどると、すぐさま、本丸の屋形の弥七郎朝憲のもとへ伺候し、

「ただいま、もどりまいてござる」

と、あいさつをした。

「おお。以前のままの十兵衛になった」

「かたじけのうござる」

「よかった。そちが元気になってくれたのが、わしには何よりもうれしい」

「おそれいります」

「父上にも、あいさつにまいってくれ」

「はい」

十兵衛が本丸を出て、水の手曲輪《ぐるわ》へかかったとき、水の手門から、家来たちをした

がえた金子新左衛門があらわれた。

「おお、十兵衛殿ではござらぬか」

「これは、美濃守殿」

「いつ、もどられまいた?」

「昨夜に……」

「見ちがえるばかりにおなりじゃ」

「おかげをもって……あの、小川の湯はまことによう効きまいた」

「それは何より。何よりでござった」

と、新左衛門のことばづかいは、すっかり武士のものになりきっている。

十兵衛が、かるく頭を下げ、

「では、ごめんを……」

新左衛門と、すれちがいかけたとき、

「もし……」

金子新左衛門が十兵衛の袖をつかみ、顔をよせて、

「あの女、お気に入られたか?」

と、ささやいてきた。

新左衛門の口臭に顔をそむけ、十兵衛が、

「やはり、美濃守殿の、おこころ入れでありましたか」

「さよう」

「なるほど……」

「いかが。お気に入られたかな？」

「さて……」

「おなぐさみにとおもい、手をまわしておいたのでござるよ」

十兵衛がにこりとして、

「まさに、ちょうだいつかまつった」

悪びれもせずにいった。

「沼田へ、つれてまいられたか？」

「あの女を？」

「さよう」

「私は、大殿のようにはまいりませぬ」

「では？」

「小川へ残してまいった」

いって、和田十兵衛が金子新左衛門を凝視し、

「女を、つれもどるような十兵衛とおもうておられましたか?」

新左衛門は顔をそむけ、

「さようか……あ、さようか……」

つぶやくようにいい、長いあごを指でまさぐりつつ、何度もうなずき、十兵衛の傍からはなれて行った。

十兵衛は振り返りもせず、水の手門をくぐった。

新左衛門が後を追って来て、

「もし……」

「まだ、なにか?」

「あの、おふいと申す女、わしがむすめでござる」

「なんと?」

十兵衛も、すこしおどろいた。

おふいはそのようなことを、すこしも十兵衛にもらさなかったのである。

「そこもとの、おむすめご……?」

「さよう」

「ふうむ……」

「わしが、穴沢の百姓の女に生ませたむすめでござるよ」

「………」

「今年で、十八になったはずじゃが……」

おふいは、じゅうぶんに男の躰を知っていた。

十八のむすめの肉体とはおもえぬほどに、熟しきっていた。

「山家《やまが》そだちじゃが、歯ごたえはござったかな？」

と、おくめんもなく新左衛門がきいた。

十兵衛は、だまっていた。

「十兵衛どの……これ、十兵衛殿よ」

「なんでござる？」

「おふいを沼田へ迎えてはいかが？」

「いま一度、申しあげましょう」

「え……？」

「大殿と十兵衛とではまた仕様もちがい申す」

いいすてて、和田十兵衛は金子新左衛門から遠去《とおざ》かって行った。

（美濃守も五十をこえて、老いぼれたな）

と、十兵衛はおもった。

万鬼斎が隠居をし、しかも近いうちに、ゆのみをつれて川場へ隠居することになったので、

（美濃守も、こころ細くなったのであろう。なれば、おれを味方に引き入れようと考え、おふいを、おれに近づけたのか……）

そう考えた。

（なれど、あのような女が、美濃守のむすめであるはずがない）

十兵衛は苦笑をうかべた。

新左衛門のおもかげは、おふいのどこにもただよっていないし、老僕の茂助を沼田へ帰してのち、おふいと夜も日も共に暮した七日間の、めくるめくような明け暮れを、十兵衛は想《おも》いうかべた。

その明け暮れが、いまも十兵衛の躰に灼《や》きついている。

そして……。

この夏のうちに、川場の湯の隠居所が完成し、沼田万鬼斎は、ゆのみと平八郎と、二十名ほどの家来・侍女たちをしたがえ、沼田城を出て、川場へ引き移っていった。

沼田を去ろうとするゆのみに、金子新左衛門が、

「十兵衛め。しぶとい男よのう」

「にくい男じゃ、父上」

「とてもとても、女の色香に迷うようなやつではない」

「十兵衛を、こなたへ引き入れることはできませぬか、どうしても……？」

「尋常の手段《てだて》では、な」

「では……」

「まかせておけ、ゆのみ。かくなれば、いささか、おもいきったことをせずばなるまい」

「どのような？」

「いま、すこし待て」

金子新左衛門が、うめくように、

「おもいきって、やろうぞ」

と、いった。

夏が去り、秋が来た。

前々から病間に引きこもりがちだった万鬼斎夫人が、ついに病歿《びょうぼつ》した。

第五章

一

正夫人が病歿《びょうぼつ》したとき、すでに〔川場の湯〕の新邸へ引き移っていた沼田万鬼斎は、

「めんどうじゃ」

と、沼田でおこなわれた夫人の葬儀にもあらわれなかった。

これは、万鬼斎の非情を責めるよりも、その健康がおもわしくないことをものがたっている。

川場から沼田までの、わずかな道のりを出て来るのに堪えられぬほど、万鬼斎の肉体はおとろえていたのであった。

万鬼斎のかわりに、愛妾《あいしょう》・ゆのみと、二人の間に生まれた平八郎が沼田へ来て、正室の葬儀にのぞんだ。

沼田城内にいたころ〔欅御前《けやきごぜん》〕とよばれていたゆのみは、川場へ移ってから、

〔川場御前〕

と、よばれるようになっていた。

三十五歳になっているゆのみは、依然として美しい。

しかし、久しぶりで沼田へあらわれたゆのみを見て、家臣たちは、

「美しゅうはあるが、老《ふ》けられたな」

「山の中の川場で、さびしゅう暮しておらるるためじゃ」

「化粧《けわい》もしてはおられぬから、なおさらに、な」

「なれど、沼田におられたころより落ちついて見えるではないか」

「大殿の後つぎが弥七郎様となり、わが子の平八郎様へかけたのぞみも消え果てたので、いっそ、気もちも楽になられたのであろう」

などと、うわさし合った。

和田十兵衛光政も、同様に感じた。

老いた沼田万鬼斎の晩年につきそい、ゆのみはつつましく生きる覚悟をきめたものと見える。

それは、もっともなことなのだ。

正室の子の弥七郎朝憲《とものり》が沼田城主となって、みじんもゆるがぬ新領主の力量をしめ

している。しかも、ゆのみの子の平八郎は兄・弥七郎を敬慕していた。

また、弥七郎も、平八郎を、

「いまに、おれの片腕となってくれい」

と期待をかけているし、平八郎は一日置きに、馬を駆って川場から沼田城へおもむき、兄に目通りをせぬと、

(気がすまぬ)

らしい。

万鬼斎は、この腹ちがいの兄と弟が仲よく溶け合っていることを、

「よし、よし。これで、沼田の家の行末も大安心というものじゃ」

泪《なみだ》をうかべて、よろこんでいるそうな。

このようなときに、ゆのみと、その父・金子新左衛門(美濃守)が、むかしの勢力を取りもどして、沼田家を一手に牛耳ろうとはかって見ても、むだなことであった。

それよりも、ゆのみは新城主・沼田弥七郎にさからわず、わが子の平八郎の将来を託《たく》すことが、ひいては自分の将来の安堵《あんど》へもつながろうというものだ。

金子新左衛門にしても、おなじことであった。

葬儀が終って、川場へ帰って行くとき、ゆのみは城内・本丸の居館へ弥七郎をおと

ずれ、

「平八郎がことを、くれぐれも、おたのみ申しまする」

と、ていねいにあいさつをした。

このようなことは、沼田にいたころのゆのみには決して見られなかったことであったし、さらに、ゆのみは和田十兵衛へも、

「平八郎を、よろしゅうに……」

と、たのんでいる。

(利巧な女だけに、川場御前も、いまの自分の立場を、よくよく知ったものと見える)

和田十兵衛も、そうおもった。

かつての、人を人ともおもわなかったころのゆのみにくらべると、別人の感があるほど、ゆのみは謙譲な態度であった。

葬儀が終り、ゆのみと平八郎が川場へ帰ってから、沼田では平穏な明け暮れがつづき、秋が深まっていった。

そのころになると、越後の上杉謙信の使者が、何度も沼田へあらわれるようになった。

来年の雪どけを待っての出陣について、沼田弥七郎との打ち合せのためである。弥七郎も密偵を関東の諸方へ放ち、北条軍や武田軍の動静をさぐらせ、これを上杉謙信のもとへ報告した。

異変は、そうした或夜《あるよ》に起ったのである。

その日の夜ふけに……。

沼田城の〔水の手門〕とよばれる城門外の榛名《はるな》坂にある和田十兵衛の屋敷へ、弥七郎からの使者が駈《か》けつけて来て、

「殿がおよびでござる。急ぎ御登城なされますよう」

と、弥七郎のことばを十兵衛につたえた。

(この夜ふけに、ただごとではない)

十兵衛は直感した。

寝床からはね起き、すぐさま身仕度をととのえると、十兵衛は沼田城内へおもむいた。

沼田弥七郎は、この夜ふけに起きていて、居室に十兵衛を迎えた。

弥七郎の顔面は蒼白《そうはく》となってい、次の間へ入って来た和田十兵衛を見すえた眼に憎《ぞう》悪《お》の光りが在った。

十兵衛は、

（これは、いったい、何事が……？）

わからなかった。

きいて見るよりほかに、仕方がない。

「何事でござる？」

「十兵衛……」

いいさして、弥七郎が腰をうかせた。

「は……？」

「おのれは……」

「殿……」

「おのれ、奥《おく》と情を通じたな」

切りつけるように、弥七郎がいった。

夫人と十兵衛が姦通《かんつう》をした、と〔殿さま〕がいったのだ。

十兵衛は、唖然《あぜん》となった。

「申せ、十兵衛」

走り寄った弥七郎朝憲が、十兵衛の前へ立ちはだかった。

申せ、といわれても、おもいがけないことだけに、十兵衛としては返事の仕様がなかった。

あまりにも、ことが莫迦《ばか》げすぎているではないか。

弥七郎夫人は〔御曲輪《くるわ》の御前〕とよばれ、実父は、上州・厩橋《まやばし》の城主・北条《きたじょう》弥五郎高定である。

弥七郎夫妻は、女子ふたりをもうけ、まことに仲むつまじい。

その〔御曲輪の御前〕と和田十兵衛が、ひそかに情をかわしていたというのは……。

何故《なぜ》か、わからぬ。

十兵衛が、弥七郎夫人の居間へ行き、いろいろと語り合うことは何度もあった。

殿さまの弥七郎の信頼が厚い十兵衛を、夫人もたのもしくおもっていたからだし、そうしたことは弥七郎もよくわきまえていたはずなのである。

「申せ。いわぬか、十兵衛!!」

猛《たけ》り立つ弥七郎へ、十兵衛がようやくに、

「そのようなことを、殿は、いずこよりお耳に入れられましたか?」

と、反問をした。

身におぼえのないことである。

だから、何者かが、あらぬうわさを弥七郎の耳へ入れたことになる。

十兵衛の脳裡《のうり》をちらと、金子新左衛門の顔が、かすめていった。

だが、新左衛門は決して莫迦者ではない。

だれが見てもうそとわかるようなうわさを弥七郎の耳へ入れるほどの、おろか者ではないはずだ。

（では、だれが……!?）

いずれにせよ、このように愚劣なうわさを信じこんで、自分を詰問《きつもん》している弥七郎朝憲に対して、十兵衛は、

（殿は、おれが考えていたよりも、おれを深く大きく信じていてはおられなかったようだ）

と、おもい、おもった瞬間にがっかりしてしまった。

「そのようなことを、何者がお耳に入れましたか？」

「だまれ!!」

「おきかせ下さい」

十兵衛も、きびしい声で、

「おきかせ下さらぬとは御卑怯《ごひきょう》でござる」

と、きめつけた。

「だまれ‼」

叫んだ弥七郎が、身を返して刀架《か》けの太刀をつかみ取り、

「そこへ、なおれ‼」

「御手打ちになされますのか？」

「斬《き》る‼」

二

「殿のおことばとも申せませぬ。いったい何者の讒言《ざんげん》か、それをきくまでは十兵衛、むざむざと御手打ちにはなりませぬぞ」

十兵衛も、怒りをおぼえはじめた。

「おのれ、父上のおことばを讒言と申すか」

と、弥七郎が怒鳴った。

「なんと……？」

十兵衛が、愕然《がくぜん》となった。

弥七郎が「父上」とよぶからには、川場の大殿・沼田万鬼斎のことである。

その万鬼斎が、十兵衛と弥七郎夫人が姦通をしていると、わが子の弥七郎へ告げたというのか。

「なんと、おおせられました。大殿が、さようなことを殿のお耳へ……」

「いかにも」

と、弥七郎も退《ひ》くに退けなくなり、

「いかにも、父上が申されたぞ」

「ふうむ……」

「腹を切れ、十兵衛」

「このことを、御曲輪の御前のお耳へ……」

「だまれ、だまれ。腹を切れ」

「御曲輪の御前と、相対《あいたい》の吟味をねがわしゅうござる」

「おのれ、ぶれいな!!」

いきなり、弥七郎が太刀を引きぬき、十兵衛へ切りつけた。

十兵衛の躰《からだ》が、はね返るように立ち、切りつけた弥七郎の太刀をかわしざま、

「鋭《えい》」

気合を発して、弥七郎の右腕を手刀で撃った。

「あ……」

弥七郎の手から、太刀が落ちた。

その太刀をつかんで、十兵衛が数歩後退し、

「おやめなされ」

叱《しか》りつけるようにいい、弥七郎の太刀を廊下へ投げ捨てた。

「出合え」

と、弥七郎が叫んだ。

「十兵衛を討て。和田十兵衛を逃《の》がすな」

侍臣が十名ほど、廊下から刀を引きぬいてあらわれた。

和田十兵衛は、室内の灯りを消し、廊下と反対側の〔ひかえの間〕へ逃げこみ、奥庭に沿った廊下へ出た。

「逃がすな」

「追え!!」

家来たちも、あらかじめ弥七郎から、十兵衛姦通のことをきいていたので、昨日までの十兵衛へかけていた信頼が憎悪に変じている。

間もなく和田十兵衛は、沼田城内から脱出することを得た。

屋敷へ駈けもどった十兵衛は、

「門をとじよ」

と、いい、二十余名の家来たちに、

「戦さ仕度をいたせ。急げ」

と、命じ、みずからも武装に身をかため、槍《やり》をつかみ取った。

沼田城からの追手を迎え撃つ覚悟であった。

そのころの武士は、決して、自分がなっとくのゆかぬ死方はせぬ。いかに主人の命令だからといって、その主人に信頼がおけぬときは、いさぎよく主人のもとを去るか、または勇敢に反抗したものである。

それが戦国の武士というものであった。

間もなく、沼田城から出た百余名の追手が、十兵衛の屋敷を包囲した。

(これは、やはり、金子美濃守の仕わざだ)

と、十兵衛もようやく、そうおもいはじめた。

金子新左衛門は、直接に沼田弥七郎へ告げ口をせず、ゆのみを通じて、川場の沼田万鬼斎へ、十兵衛と御曲輪の御前の姦通をいいたてたにちがいない。近ごろは神妙に

している金子新左衛門とゆのみに、十兵衛も、つい油断をしてしまったことになる。

心身がおとろえている万鬼斎が、この金子新左衛門の讒言を信じこんだのは仕方がないとしても、沼田の新城主として、十兵衛が強く期待をし、

(殿のためにならば、いのちをかけてもよい)

とまで、おもいきわめた弥七郎朝憲までが、まるで〔子供だまし〕の流言を信じ、あのような狂態を見せたことに、和田十兵衛は落胆をした。

くやしかった。なさけなかった。

こうするうちに、夜が明けた。

すると、十兵衛の屋敷を包囲していた追手が、かこみを解き、城内へ引きあげて行ったのである。

これは、十兵衛が城を脱出したのち、沼田弥七郎は夫人の寝所へおもむき、十兵衛とのことを詰問したからだ。

夫人も、あきれはてた。

夫人は、

「十兵衛とわたくしとの相対の吟味をなされたがよろしゅうござりましょう」

胸を張って、堂々といった。

弥七郎は、父・万鬼斎から、

「両人を斬れ!!」

と、命じられていた。

だが、先刻の十兵衛の態度といい、いまの夫人の態度といい、いかにも悪びれるところがなく、むしろ、そのような詰問をする弥七郎に、あきれ果てている様子が、まざまざと感じられる。

「子を二人まで生《な》した殿とわたくしでございますのに……なにゆえ、そのような恐ろしい、汚《けが》らわしいお叱りをうけねばなりませぬのか。それでは、わたくしも十兵衛も、あまりにも可哀相《かわいそう》な……」

夫人につめよられて、弥七郎も困惑してしまった。

こうして、自分の妻と差し向って語り合って見れば、真偽のわからぬはずはなかったのだ。

夜に入って、川場からとどけられた父・万鬼斎自筆の密書を読み、一も二もなく昂《こう》奮《ふん》し、和田十兵衛を呼びつけた自分が恥ずかしくもなってきた。

そこで、とりあえず十兵衛屋敷の包囲を解かしめた。

十兵衛を城へまねき、

（よくよく語り合いたい）

とおもった。

けれども、素直にあやまることもできかねた。

なんといっても昨夜の今朝である。

昨夜は、あたまに血がのぼり、十兵衛を斬り殺そうとした弥七郎なのだ。

（わしも、どうかしていた……）

朝になって弥七郎朝憲は、川場の父へ使者を送った。

みずからしたためた密書を使者に托したのである。

弥七郎は万鬼斎へ、

「父上のお耳へ、あのようなことを、だれが告げましたものか、それは知りませぬが、十兵衛にしても、わが妻にしても、父上のおおせのごときふるまいはいたしてはおらぬようでござる」

と、書き送った。

夕暮れ近くになって、使者が沼田へもどって来た。

万鬼斎の返書をたずさえていた。

万鬼斎は、弥七郎に、こういってきた。

「お前のいうことはよくわかった。なれど、このことは、このままほうり捨ててもおけまい。わしがみずから、和田十兵衛を取りしらべてみたい。十兵衛を川場の館《やかた》へさし向けてもらいたい」

弥七郎として、これをこばむわけにはゆかぬ。

父の命令であるし、父が取りしらべたいというのに、反対する理由がなかった。

弥七郎は、使者をもって、このことを和田十兵衛につたえさせた。

十兵衛は、使者を待たせておき、かなり長い間を部屋にこもって沈思にふけった。

部屋から出たときの和田十兵衛の面《おもて》に、厳然たる決意の色がうかんでいる。

十兵衛は、使者に、

「明朝に、川場の大殿のもとへまいる、と、殿へおつたえねがおう」

と、いった。

使者はうなずき、

「殿が、おまちかねでござる。御城へまいられてはいかが?」

取りなし顔に、いい出した。

十兵衛は「無用」とのみ、こたえた。

衛を討つがよい)

考え直して、家来たちに出動を命じた。

平八郎は、居館の奥で、まだ朝のねむりからさめない。

家来たちは、川場の屋敷を出て、雨乞《あまごい》山のふもとに散開し、和田十兵衛があらわれるのを待った。

先《ま》ず鉄砲を撃ちかけ、それでも尚《なお》、十兵衛が死なぬときは、槍ぶすまをつくって殺到し、十兵衛を殺害する手はずが決められていたのである。

空は曇っていた。

風が強く、冷めたい。

晩秋といっても、冬のおとずれはすぐ目の前に来ている。

十兵衛は、沼田城下から東北へ約二里ほどまで来て馬の足を止めた。

ここで、道が二つに別れている。

雨乞山のふもとを北へ向えば、川場の湯である。

半里ほど先には、万鬼斎がさし向けた家来たちが十兵衛を待ちかまえている。

うなり声をたてて吹きおろしてくる風をうけた山林の落葉が、雨のように散り降ってくる中で、十兵衛は馬上にうごかぬ。

雨乞山の裾《すそ》を東へまわってのびている小さな道をたどれば、追貝や平原の村々を経て十兵衛が傷の治療のため滞在した〔小川の湯〕へ着くことができる。

と……。

和田十兵衛が手綱をさばき、馬首を右へめぐらせた。

そして、馬腹を蹴《け》った。

沼田から、ここへ来るまでのゆったりとした速度をかなぐり捨て、

「それっ」

十兵衛は、馬に鞭《むち》をくれ、まっしぐらに山裾の道を東へ向って走り出したのである。

十兵衛は〔川場〕の沼田万鬼斎に目通りすることをやめた。

ここまで来て、考えが変ったものか、それとも、沼田を出るときから予定していた行動であったものか……。

後者であった。

ここまで、わざわざ川場へ向って進んで来たのは、万鬼斎がさし向けているであろう見張りの眼をいつわるためであった。

和田十兵衛は、ただ一人で、沼田家を捨てたのだ。

今朝も暗いうちに、十兵衛につかえていた奉公人は少しずつ屋敷を出て、諸方へ散

衛を討つがよい）

考え直して、家来たちに出動を命じた。

平八郎は、居館の奥で、まだ朝のねむりからさめない。

家来たちは、川場の屋敷を出て、雨乞山《あまごい》のふもとに散開し、和田十兵衛があらわれるのを待った。

先《ま》ず鉄砲を撃ちかけ、それでも尚《なお》、十兵衛が死なぬときは、槍ぶすまをつくって殺到し、十兵衛を殺害する手はずが決められていたのである。

空は曇っていた。

風が強く、冷めたい。

晩秋といっても、冬のおとずれはすぐ目の前に来ている。

十兵衛は、沼田城下から東北へ約二里ほどまで来て馬の足を止めた。

ここで、道が二つに別れている。

雨乞山のふもとを北へ向えば、川場の湯である。

半里ほど先には、万鬼斎がさし向けた家来たちが十兵衛を待ちかまえている。

うなり声をたてて吹きおろしてくる風をうけた山林の落葉が、雨のように散り降ってくる中で、十兵衛は馬上にうごかぬ。

雨乞山の裾《すそ》を東へまわってのびている小さな道をたどれば、追貝や平原の村々を経て十兵衛が傷の治療のため滞在した〔小川の湯〕へ着くことができる。

と……。

そして、和田十兵衛が手綱をさばき、馬首を右へめぐらせた。

馬腹を蹴《け》った。

沼田から、ここへ来るまでのゆったりとした速度をかなぐり捨て、

「それっ」

十兵衛は、馬に鞭《むち》をくれ、まっしぐらに山裾の道を東へ向って走り出したのである。

十兵衛は〔川場〕の沼田万鬼斎に目通りすることをやめた。

ここまで来て、考えが変ったものか、それとも、沼田を出るときから予定していた行動であったものか……。

後者であった。

ここまで、わざわざ川場へ向って進んで来たのは、万鬼斎がさし向けているであろう見張りの眼をいつわるためであった。

和田十兵衛は、ただ一人で、沼田家を捨てたのだ。

今朝も暗いうちに、十兵衛につかえていた奉公人は少しずつ屋敷を出て、諸方へ散

って行った。

十兵衛は、家財の大半を家来たちに分けあたえておいた。

十兵衛は、あれほど熱烈に忠誠を誓っていた若き主《あるじ》・沼田弥七郎朝憲を、われから捨てた。

いや、期待が大きかっただけに、

(あのように、下らぬ讒言を信じ、しかも、このおれを斬り殺そうとなされた殿は、もはや、たのむに足らぬ)

と、おもった。

若い主人だから、といって見すごすわけにはゆかぬ。

おもいもかけぬ弱点を、弥七郎は十兵衛にさらけ出してしまった。取り返しのつかぬことであった。

和田十兵衛のような武士にとって、主人とのつながりに〔親愛〕と〔信頼〕の念が消えたときは、すべてを捨て去って新しい道を歩み出すよりほかに、仕方がないのである。

戦国の武士は、実に、はっきりとしたものであった。

親愛と信頼があればこそ、領国のために、主人のために死ねるのであって、それが

ないままに犬死をしては男の一生に、

「悔《くい》を残すことになる」

のである。

十兵衛は、まっしぐらに馬を飛ばし、追貝の村を通りすぎた。

追貝には、金子新左衛門の屋敷がまだ残っているけれども、十兵衛を怪しむ者は一人もいなかった。

雨乞山の山林の中で、十兵衛を待ちかまえていた万鬼斎の家来たちも、そのころようやくに、

「まだ、あらわれぬのは、どうもおかしい」

「見張りの者は、沼田を出て、こちらへ向う和田十兵衛を、たしかに見たというぞ」

「逃げた、のではないか」

さわぎ出した。

それから、一同は手分けをして、十兵衛をさがしもとめた。

十数人の追手が騎馬で、十兵衛が駆け去った道を一刻《いっとき》(二時間)も遅れて、追貝の方へ走りはじめたが、すでにおそい。

追手が、追貝の村へ入ったとき、十兵衛は早くも〔小川の湯〕へ到着をしている。

日は、かたむきかけていた。

〔小川の湯〕に近い穴沢の村に住む百姓・助右衛門の家へ、十兵衛は馬を乗りつけた。

馬蹄《ばてい》の音をきいて、家の中からおふいが駈けあらわれた。

「おふいか……」

「十兵衛さま」

「乗れい」

「あい……」

おふいを抱え乗せ、十兵衛は馬腹を蹴った。助右衛門夫婦が家の外へ飛び出したとき、十兵衛とおふいを乗せた馬は、助右衛門の家をかこむ竹藪《たけやぶ》の彼方《かなた》に見えなくなっていたのである。

「おふい……」

「会いに来て下されましたのか、うれしゅうござります」

「おふいは、だれの子だ？　百姓・助右衛門の子ではあるまい」

「だれに、そのようなことを……」

「沼田の金子新左衛門にきいたぞ」

おふいは、素直にうなずき、

「はい。たしかに、わたくしは、金子美濃守さまと、母の間に生まれ、母が亡《な》くなりましたのち、助右衛門どの夫婦にあずけられ、これまでに育てられたのでございます」

十兵衛のたくましい胸に、ひろやかな背をあずけ、走る馬上で、おふいは明快に、

「なれど、わたくしは、まだ美濃守さまにお目にかかったこともありませぬ」

「ふむ……で、おれが小川へ湯治に来た折、お前は美濃守のいいつけで、おれに抱かれた」

「いえ、美濃守さまにいいつけられたのは、助右衛門どのでございます」

「なるほど」

「なれど、わたくしは、十日の間、そっと十兵衛さまのお姿を見ておりました。岩間にかくれひそんで……」

「なに⁉」

「いや、いやなお方なれば、逃げるつもりでございました」

「美濃守と助右衛門のいいつけにそむいてか？」

「はい」

きっぱりと、おふいはこたえた。

「ひとりで逃げるつもりでいたのか？」

「はい。なれど、十兵衛さまを見つづけておりますうち、わたくしは、十兵衛さまに……」

いいさして、おふいはうつ向いた。

十兵衛の眼の前に、おふいの項《うなじ》が鮮烈な血の色にそまり、汗ばんでゆれうごいている。

「で、もしもおれをきらったとき、どこへ逃げるつもりだったのだ？」

「白根《しらね》の山奥へ……」

「なんと……」

「白根の山には、仲のよい猟人《かりゅうど》の爺《じい》がおりまする。谷間には温泉《ゆ》がわき出で、熊《くま》も鹿《しか》も、人と共に湯壺《ゆつぼ》へ入ります」

「よし」

和田十兵衛が、決然といった。

「そこへ、まいろう」

「わたくしと？」

「これから、おれと共に暮さぬか、どうじゃ」

「あい。うれしゅうござります」

「ふたたび、生れ故郷へはもどれぬ。助右衛門にも金子美濃守にも二度と会えぬぞ。それでよいか」

「かまいませぬ」

「さ、案内をたのむ」

二人を乗せた馬は、山間にたちこめる夕闇《ゆうやみ》の中に溶けこみ、見えなくなってしまった。

こうして、和田十兵衛光政は消息を絶ったのである。

四

沼田万鬼斎は、和田十兵衛の失踪《しっそう》を知るや、

「なんとしてもさがし出し、十兵衛を討て!!」

と、沼田城の弥七郎朝憲へ命じてきた。

弥七郎は承知をしなかった。

もはや、十兵衛が無罪であることは明白であった。

弥七郎は万鬼斎に、

「あのような、おろかなことを父上のお耳へ入れたのは、だれでござる？」

かえって、きびしく反問をした。

万鬼斎は、

「その者の名はいわぬ」

と、突っぱねた。

沼田弥七郎が、このとき、金子新左衛門とゆのみの存在にうたがいを抱かなかったのは、新左衛門が巧妙に弥七郎をろうらくし、

「まことに、けしからぬ者がおるものでござります。だれが、あのようなうわさを大殿のお耳に入れましたものか……和田十兵衛殿のごとき、沼田家にとってかけがえのない立派な武士をうしないましたこと、まことに残念でござります」

泪《なみだ》をうかべて、弥七郎にいった。

弥七郎も、

「そのとおりじゃ。わしが、おろかであった……」

金子新左衛門のなぐさめに、何度もうなずいた。

川場にいるゆのみも、弥七郎へ手紙をよこし、

「大殿にも困ったことでございます。年よられたゆえか、このごろは、何事につけ、お考えが定まりませぬ」

と、なげき、

「これからは、わたくしがこころをつけ、大殿に間ちがいのおこらぬようにいたしますゆえ、こたびのことは、なにとぞ、おゆるし下されますよう」

と、わびてきた。

弥七郎は、ゆのみを、

(殊勝になられた)

と、むしろ好感を抱くようにさえなった。

こうなると、和田十兵衛の去った沼田家に、ふたたび、金子新左衛門が頭角をあらわしはじめた。

六十に近い新左衛門だが、こうなると、つぎからつぎへ、弥七郎に取り入るための工作をおこない、弥七郎もまた、十兵衛をうしなったさびしさから、新左衛門をたよる気もちに、どうしてもなってくる。

永禄十一年の年が暮れ、新年が来た。

その永禄十二年の正月となるや、沼田万鬼斎が輿《こし》に乗って、めずらしくも沼田城へ

あらわれたものである。

「川場の隠居が、沼田の殿へ年賀にまいったのじゃ」

と、万鬼斎が弥七郎にいった。

万鬼斎は、六十七歳になっている。

往年の精悍《せいかん》な風貌《ふうぼう》はどこにもない。青ぐろくぶよぶよとたるみきった面《おもて》に笑いをうかべ、

「去年のことは、みな、忘れてくれい。たのむ、弥七郎」

と、わびた。

こうまでされては、弥七郎も、この上、老いた父を責めることはできなかった。

和田十兵衛失踪以来、父に対して不快の念を禁じ得なかった弥七郎であったが、

（父上も後悔しておられる）

と見て、万鬼斎が川場へ帰ったのち、金子新左衛門をよび、

「父上のほうから年賀にまいられたのだ。わしも一度、川場へうかがわねばなるまい。どうじゃ？」

「はい。殿が川場へおこしあそばしましたなら、大殿は、どのようにおよろこびになりますことか」

またも、金子新左衛門は泪ぐみ、

「では、それがしが先ず川場へまいって、このよろこばしき知らせを大殿へおつたえ申しましょう」

「そうしてくれるか」

「はい、はい」

「たのむ」

そこで、新左衛門が川場へ向った。

万鬼斎に目通りをして、

「沼田の殿が、こちらへまいられまするぞ」

と、いった。

万鬼斎は、おとろえた老顔に憎しみをこめ、

「よし。うまく行ったのう」

「はい」

「手ぬかりをいたすなよ」

「心得ておりまする」

「かならず、弥七郎を討て!!」

「ははっ」

沼田万鬼斎は、金子新左衛門とゆのみのいうままになっていた。

和田十兵衛についても、十兵衛が逃亡したことのみを、ゆのみからきかされ、

「やはり、十兵衛めは御曲輪の御前と情をかわしていたのじゃな」

と、おもいこんでいるのだ。

万鬼斎は、妻を十兵衛に寝取られた弥七郎が、その後も夫人と共に暮しているのを見て、激怒した。

すると、ゆのみが、

「大殿に、申しあげたいことがござります」

「なんじゃ？」

「おそれながら……おそれながら、沼田の弥七郎朝憲さまは、平八郎を亡きものにせんと、ひそかに、たくらみを……」

「な、なんじゃと」

「父の金子美濃守が、さぐり取ってござります。間ちがいはござりませぬ」

「おのれ、弥七郎め。わしが平八郎を後つぎにしたいこころを押え、沼田の国と家をゆずってつかわした恩も忘れて、平八郎を殺害せんとか？」

「はい」

いまの万鬼斎には、もう何も見えない。

ゆのみが生んだ十八歳の平八郎への溺愛《できあい》が、万鬼斎を盲目にしてしまっている。

万鬼斎の眼には、平八郎とゆのみと、金子新左衛門しか見えないのであった。

「あまりにも、平八郎が武勇にすぐれた若武者になってくれましたので、弥七郎さまは、沼田の城を平八郎にうばいとられるとお考えのようでござりまする」

「ふらちな弥七郎め」

「かくなりましては、わたくしも平八郎も、生きてはおられませぬ」

「弥七郎め、憎い奴。なれど、いまのわしには、弥七郎を成敗《せいばい》するちからがない」

「このままでおりますなら、わたくしも大殿も平八郎も、弥七郎さまの手にかけられてしまいまする」

「ゆのみ。ど、どうしたらよいのじゃ。わしには、もうわからぬ」

「策がござります」

「なに……」

「かくなれば、平八郎が死ぬか、弥七郎さまを討つか、でござります」

「うむ、うむ」

「弥七郎さまを、この川場へ、おびき出すのでございます」

と、ゆのみが万鬼斎に策をさずけた。その密計は金子新左衛門がゆのみにいいふくめたものだ。

そこで万鬼斎は、弥七郎への憎悪を微笑に変え、沼田城へ年賀におもむいたのであった。

父の年賀をうけた弥七郎が、いやでも川場へあいさつにあらわれることを見こしてのことである。

計画はおもいのほかに、うまく行った。

弥七郎は父への怒りを解いて、川場へやって来るという。

金子新左衛門とゆのみに手なずけられている川場の家来五十名は、ただちに、沼田弥七郎暗殺の準備にとりかかった。

このことを、川場に暮す平八郎は、まったく気づいていなかった。

すべては、ひそやかにおこなわれた。

金子新左衛門は、沼田へもどり、弥七郎へ、

「大殿は、いたく、およろこびでございました」

と、報告をした。

沼田弥七郎が十余名の家来をしたがえ、騎馬で、川場の父のもとへ向ったのは、それから三日後のことであった。

第六章

一

　ところで……。

　沼田弥七郎が、川場の屋敷へ老父・万鬼斎を訪問した前々日に、万鬼斎の愛妾《あいしょう》・ゆのみは我子の平八郎をつれ、川場を出ている。

　ゆのみは、わざと平八郎の前で、

「久しぶりに、わたしが生まれ育った追貝《おっかい》の村を見とうなりました」

と、万鬼斎にせがんだ。

「よいとも。ゆるりと行ってまいれ」

　いつになく、万鬼斎は上きげんで承知をした。

　このごろの万鬼斎は、片時もゆのみを傍からはなしたがらぬのに、である。

　そして万鬼斎は、その場にいた平八郎をとろけそうな眼《まな》ざしで見やり、

「平八郎。母につきそって行ってくれぬか」

と、いう。

平八郎に異存があるはずもなかった。

平八郎は、翌々日に、自分が敬慕している腹ちがいの兄であり、沼田の城主でもある弥七郎朝憲《とものり》が、川場を訪問することを、きかされていない。

十数名の供にまもられ、ゆのみと平八郎は川場を発《た》ち、その日のうちに追貝の金子新左衛門邸へ入った。

ここには、むかしからの奉公人がいて、むかしの屋敷をそのままにまもっている。

金子新左衛門もゆのみも、ここ四年ほど、この追貝の屋敷を訪れていなかった。

奉公人たちは、大よろこびで、ゆのみと平八郎を迎えた。

村々の名主たちも、あいさつにあらわれた。

ゆのみが追貝の村を出て、沼田万鬼斎の側室となってから、二十年に近い歳月が経過していた。

少女のころから、すぐれた体格のもちぬしだったゆのみであるが、いま、みっしりと肉のみちた体軀《たいく》は堂々としてい、沼田の〔欅御前《けやきごぜん》〕としての貫禄《かんろく》がそなわり、

「これが、あの、ゆのみさまか……」

追貝の村の人びとは瞠目《どうもく》した。

十八歳になった平八郎も、すぐれて立派な青年武将になりつつある。

両親の卓抜した肉体をうけついだ平八郎は六尺に近い背丈をもち、武術に鍛えぬかれた筋骨は、金剛神《こんごうじん》の彫刻を見るようにすばらしかった。

正月にしては、あたたかい晴天の日がつづいている。

「大殿の御ゆるしを得たことでもあるし、母は故郷がなつかしゅうてならぬ。十日ほどは追貝にすごしてみたい」

ゆのみが、そういうと、平八郎も、

「それがよろしゅうござる、母上。私も毎日、馬を馳《は》せて、このあたりを見まわってみたいと存じます」

「おお、それがよい。それがよい」

ゆのみと平八郎が追貝へ着いた翌々日に、沼田弥七郎は川場の万鬼斎をおとずれた。

この日も、快晴であった。

弥七郎が川場へ到着をしたのは昼頃であったろう。

沼田万鬼斎は、

「これは、これは……わざわざのお越し。いたみいる」

と、わが子ながら沼田の城主でもある弥七郎朝憲を迎えてまことに殊勝げな態度で、あいさつをした。

弥七郎は、去年の和田十兵衛失踪《しっそう》のことについて、

（やはり、父上は悔いておられる）

あらためて、そうおもわずにはいられなかった。

老い朽ちようとしている老父を、弥七郎は、

（あわれな……）

と見た。

ともあれ、弥七郎を迎えた万鬼斎のよろこびは、非常なものに見えた。

屋敷内の奥まったところにある万鬼斎の居間へ招じられた弥七郎は、弟の平八郎やゆのみの姿が見えないのに気づき、父に問うた。

万鬼斎は、こういった。

「いま、身仕度をととのえておるのであろう。そこもとが、このように早く、川場へ到着されようとは、わしでさえ、おもうて見なんだわい」

二

この日。

沼田弥七郎は、

「日暮れまでにはもどる」

と、侍臣にいいおき、沼田城を出ている。

それが、夜に入っても帰城しなかった。

城内では、

「殿のお帰りが、おそい」

と、家臣たちがいい出した。

すると、いつの間にか登城していた金子新左衛門が、

「いやいや、川場へ殿がまいられたので、大殿は大よろこびをなさっておいでなのであろう。酒もはずみ、ものがたりもはずんでいるにちがいない」

と、いった。

なるほど、そういわれれば、

「さもあろう」

と、いうことになる。

それで家臣たちは、安心をしたが、只《ただ》ひとり、弥七郎夫人の御曲輪《くるわ》の御前だけが、
侍臣の赤倉五平光久《ごへいみつひさ》を、ひそかによびよせ、

「五平、なにやら殿の御身が気にかかってならぬ。途中まで御出迎えを……」

と、命じた。

赤倉五平は、御曲輪の御前の実家である厩橋《まやばし》の北条《きたじょう》家の臣であったが、御前が沼田家へ嫁入りをしたとき、これにつきそって来た武士であったから、御曲輪の御前の〔腹心〕といってよい。

「心得申した」

と、立ちかける五平に、御前が、

「十騎ほどをつれて、ひそかに城を出て行くように……」

念を入れたものである。

その御前のことばの裏にひそむものを、五平は敏感に察知した。

「ははっ」

と、五平は〔三の丸〕の小さな門から九名の士をえらんで城外へ出るや、まっしぐ

らに、川場へ向ったのである。

これが、よかった。

五平たち十騎は、城下を外れてから松明《たいまつ》に火をつけた。

城内では、金子新左衛門をはじめ、そのほとんどが、赤倉五平らの行動に気づいていなかったといってよい。

十騎が雨乞山のふもとまで来ると、山道の彼方《かなた》から、七騎の武士たちが松明をかかげて駈《か》け寄って来た。

見ると、これが川場の大殿・万鬼斎の家来たちなのである。

「赤倉五平でござる」

五平が叫ぶと、万鬼斎の家来たちに動揺が起った。

彼らは、五平たちを同じ万鬼斎の家来たちだと、見まちがえたらしい。

「この夜ふけに、いかがなされた？」

たたみこんで、五平が問うと、万鬼斎の侍臣・金丸伝八郎という者がすすみ出て、

「これより、追貝の金子屋敷へ、平八郎様と川場御前を御迎えに行くところでござる」

と、こたえた。

「この夜ふけに……？」

「さよう。沼田より御こしの殿が、今夜は川場に御泊りなされる。それで、平八郎様をおよびしてまいれ、とのおいいつけにて……」

いうや金丸が、

「では、ごめん」

配下をうながし、道を追貝の村の方へとって、いっさんに駈け去って行った。

（どうも、妙な……？）

赤倉五平は、くびをかしげた。

沼田弥七郎が川場へ泊るとすれば、かならず、つきそって行った家来が沼田城へ知らせて来るはずであった。

また、弥七郎が川場へ泊ったとしても、この時刻に、母と共に追貝にいるという平八郎を、わざわざ呼びつけることはどう考えてもおかしい。

平八郎は月のうちに何度か、馬を駆って沼田へあらわれ、兄・弥七郎と会っている。

いまさら、とりたてて急ぎの用事があるとはおもわれぬ。

「ともあれ、川場へ……」

と、五平は馬をすすめはじめた。

そのときであった。

右側の山林の中から、

「おおい……」

人の呼ぶ声がきこえた。

「だれだ？」

山林の闇《やみ》の底から、地を這《は》うようにして、人影が山道へあらわれた。

「やっ……梶田《かじた》左《さ》平次《へいじ》ではないか」

赤倉五平は、おどろいた。

今朝、〔殿さま〕の弥七郎の供をして川場へ向った十五名の家来の中に、梶田左平次も加わっていたのである。

しかも、左平次は無数の傷を負っていた。左平次の躰《からだ》から生ぐさい血のにおいがただよっている。

「ど、どうしたのだ？」

「よ、ようも、来て下された……」

「これ、しっかりしろ」

「いま、あの木立の中にひそんでいて、赤倉殿が金丸伝八郎と語り合うておらるる声

をきき、ほっといたしまいた」

「これは……この手傷は？」

「早く……ここにいては危のうござる。早く、沼田へ……」

「なんと……それで、殿はいかがなされた？」

「おそらくは、おいのちが……」

「な、なんじゃと……」

「早う、早う沼田へ……」

梶田左平次の様子にはぬきさしならぬものが見えた。

そこで赤倉五平は、左平次を馬に乗せ、他の家来たちへも、

「沼田へ……」

と命じ、道を引き返しにかかった。

すると、赤倉五平一行と別れ、追貝の方角へ去った金丸伝八郎ら七騎がどこからともなくあらわれた。

沼田へ駈け去って行く五平たちの馬蹄《ばてい》の音を、金丸は馬上できいている。金丸は、するどい舌うちをもらした。

「梶田左平次め。うまく逃れたわい」

配下の一人が、

「あのものたちを沼田へ帰してはなりますまい」

「と申して、われら七騎では勝てぬ。左平次をさがしに出た他の追手は、どこにいるのか……大事のときに、これではどうにもならぬ」

「いかがなされます？」

「さて……」

しばらく考えたが金丸伝八郎は、

「ともあれ、このことを大殿に申しあげ、御指図をうけよう」

といった。

金丸たちは馬腹を蹴《け》って、川場へ駈け去った。

三

金丸伝八郎の報告をうけた沼田万鬼斎は激しく怒った。青ぐろく腫《むく》んだ万鬼斎の老顔に、めずらしく血の色が浮かんで、

「ばかもの。かなわぬまでも何故《なぜ》、赤倉五平たちと闘わなかったのじゃ！」

金丸はうなだれている。

そういわれて見れば、たしかにそうなのだ。

今日の昼すぎに、万鬼斎の居間へ招じられた沼田弥七郎朝憲は、すでに惨殺《ざんさつ》されてしまっていた。

そのとき、

「ゆのみも平八郎もおそいのう。なにをいたしておるのか……」

いいさして万鬼斎が、さり気もなく居間を出て行くのを見送った弥七郎には、なんの疑念もなかった。

居間のとなりの控えの間には、梶田左平次ほか四名の侍臣がいた。

弥七郎につき従って来た他の家来たちは別室で、酒肴《しゅこう》のもてなしをうけていた。

惨劇は、夢魔《むま》のものとしか、いいようがなかった。

弥七郎や家来たちがすわっている、それぞれの部屋の板戸が突如、引き開けられたかとおもうと、弓に矢をつがえた万鬼斎の家来たちが廊下へ立ちならんでいて、いっせいに矢を放った。

「なにをする……」

と、叫ぶ間もない。

弥七郎朝憲の喉元《のどもと》と胸に二本の矢が突き立った。

同時に、武装の男たちが槍《やり》・刀をかざして部屋へなだれこみ、突きまくり、斬《き》りまくった。

梶田左平次ひとりが、辛うじて脱出することを得たのは、奇蹟《きせき》的なものであった。

左平次に沼田へ逃げられては、万鬼斎と金子新左衛門の計画が齟齬《そご》を来《きた》すことになる。

弥七郎一行を皆殺しにしておいてから、その死体を雨乞山の山中に移し、

「殿は、和田十兵衛の党に襲われて亡《な》くなられた」

と、金子新左衛門はいいたてるつもりであった。

すでに新左衛門は、弥七郎からも以前のような信頼を得ていたし、家臣たちも、新左衛門を取り巻くようになってきた。

その点、新左衛門には、じゅうぶんな自信があったのである。

弥七郎が翌日になっても沼田へもどって来ぬ、となったとき、

「よし。わしが見とどけてまいろう」

といい、新左衛門みずから家来をひきいて川場へ向う。

川場では、万鬼斎が、

「それは妙な……弥七郎は、昨日の夕暮れ近くに沼田へもどって行ったぞよ」

と、こたえる。

「これは、一大事じゃ」

このときはじめて、金子新左衛門がさわぎはじめる。

そうなれば当然、弥七郎一行の捜索が大がかりにおこなわれ、雨乞山中の死体が発見される。

「これは、殿のお怒りを買い、逃亡した和田十兵衛とその家来どもの仕わざじゃ」

ということになる。

何もいわず行方不明となった和田十兵衛であるから、そうおもわれても仕様がない。

そして、沼田平八郎が沼田城の主《あるじ》となるのに反対をとなえるものは一人もいないはずであった。

川場にいる五十名に近い家来たちは、いずれも大殿・万鬼斎腹心のものばかりだ。

万鬼斎と金子新左衛門のことばを、たしかなものと信じてうたがわぬ。

新左衛門も、川場のものたちを、かねがねからうまく手なずけているし、沼田の様子を知らぬ川場の家来たちは、かねがね、

(沼田の殿は、大殿の御見舞いもなされず、冷ややかなお人柄になってしまわれた)

と、弥七郎をうらみにおもっていたほどだ。

和田十兵衛事件のときも、

「大殿が、御みずから御さばきをつけようとおおせあったに沼田の殿は承知をなさらなかった」

などと、うわさをし合っていたらしい。

さて、そこで……。

沼田弥七郎を川場へおびき出し、これを殺害するについて、万鬼斎は家来たちへ、こういっておいた。

「沼田では、わしが平八郎を城主にしようとたくらんでおると考え、平八郎とわしを亡きものにしようとしていることが、このほど、ようやくに相わかった」

家来たちはおどろき、激昂《げっこう》した。

「やはり、さようでござりましたか」

と、いう者もいた。

「かくなっては、いささかも油断はなるまい。わしはよいとしても、罪なき平八郎のいのちがねらわれているとあっては老い果てたわしも死ぬに死ねぬ」

家来たちへ、かきくどいているうち、万鬼斎は自分の声と言葉に我知らずひきこま

れ、泪《なみだ》をほろほろとこぼした。

万鬼斎は、金子新左衛門の密告を信じきってしまっていたのである。

こうして、弥七郎朝憲を川場へおびき出す計画がひそかにめぐらされ、万鬼斎は、年賀のためと称し、沼田城へ出向いたのであった。

「弥七郎一行を襲撃したのは和田十兵衛」

と、いいたてることについては、

「同じ沼田家の騒動になっては、上杉謙信公へのきこえも悪いし、わが家に傷がつくことになる。まことにこれは、はずかしいことじゃ。ここはどこまでも和田十兵衛の仕わざにしておくことがよい。そうなれば家中《かちゅう》の者たちが乱れさわぐこともあるまいゆえ……」

万鬼斎は、わが家来たちへ、こんこんと、いいふくめておいたのだ。

それなのに、弥七郎殺害の現場に居た梶田左平次が沼田城へ逃げこんでしまえば、

「殿を殺害なされたのは、大殿じゃ」

と、事実が知れわたってしまう。

そうなれば沼田の家来たちの動揺は大きい。

弥七郎をしたう家来たちも、だまってはいまい。

万鬼斎の怒りと不安を知って、金丸伝八郎も狼狽《ろうばい》をした。

「これから、追いかけまする」

と、いったが、

「ばかもの。すでに、やつどもは沼田へ入っておるわ」

万鬼斎が怒鳴った。

「かくなれば、どのような事態《こと》になるやも知れぬ。金子美濃守が沼田にいて、うまく取りはかろうてくれるとおもうが……ともあれ、平八郎と御前（ゆのみ）を夜が明くるまでに、連れもどしてまいれ」

とりあえず、万鬼斎は指示を下した。

そのころになると、金丸たちとは別に、梶田左平次をさがしまわっていた家来たちの半数ほどが、

「見つかりませぬ」

と、引き返して来た。

万鬼斎は、市野宗介《いちのそうすけ》という者に十二名の家来をつけ、

「すぐに追貝へおもむき、御前と平八郎を……」

と命じ、ゆのみへあてた自筆の手紙を托《たく》した。

市野ら十三名は、雨乞山の山腹をぬう間道を徒歩で、追貝へ向った。この山道は馬が通れぬ。しかし、道はよくついているし、急げば、騎馬で山すその道を迂回《うかい》するのと、時間的にそれほどちがわない。

それに、うっかりと雨乞山沿いの往還を行っては、それだけ沼田へ近づくことになるし、沼田から川場探索の者たちが出張《でば》って来るやも知れなかった。

市野らを見送ってから、沼田万鬼斎は、

「万一のことをも考えておかねばならぬ」

すぐさま、屋敷の防備にとりかかった。

このあたりに、昔日《せきじつ》の万鬼斎らしいおもかげを見ることができるといえよう。

四

重傷を負った梶田左平次が、赤倉五平たちに救われ、沼田城へもどって来ようとは、金子新左衛門のおもいもおよばぬことであった。

それにしても、

(赤倉五平たちは、いつの間に、川場へ向ったのか？)

である。

赤倉一行が〔三の丸〕の小さな門からひっそりと城外へ出て行くのを知っていたのは、門番の士のみである。

門番たちは、

「御曲輪の御前の御用事にて、厩橋の御実家へまいる」

といった赤倉五平のことばを、すこしもうたがわなかったし、それから二刻《にとき》（四時間）もたたぬうちに、五平たちが梶田左平次と共に帰城したのだから、このことが金子新左衛門の耳へ入る暇はなかった。

それでも新左衛門は自邸へもどらず、

「夜が明けたなら、二十騎ほどをわしがひきいて、川場へおもむくゆえ、その仕度をしておくよう」

と、弥七郎の侍臣たちへ命じ、城内へつめきっていたのだ。

そこへ、赤倉たちがもどって来た。

赤倉五平は、さすが弥七郎夫人の腹心だけに、大手の正門からは入らず、出て行ったときと同様、三の丸の小門から城内へ入り、金子新左衛門へは何も告げず、すぐに御曲輪の御前の館《やかた》へ梶田左平次をともなった。

三の丸の門番たちは、一行の中に左平次がいたことも、よく見きわめぬほどであった。

ただ、厩橋まで行って来たにしては、

「ずいぶんと早い」

と、おもったろう。

御曲輪の御前は、梶田左平次からの報告をきくや、夫・弥七郎の死を哀《かな》しむゆとりもなく、

「こうしてはおられぬ」

と、起《た》ちあがった。

弥七郎朝憲の妻として、

(わたくしは、なすべきことをなさねばならぬ)

とっさに、決意をかためたのである。

御前は、自分の居館を二十名の侍女と、赤倉五平以下十四名の家来たちで堅《かた》めさせると同時に、これも実家からつきそって来た木瀬《きせ》民部《みんぶ》という老巧の武士へ自筆の手紙を托し、

「これを、厩橋の父上へ、早う……」

と、命じた。

木瀬民部は、これも〔三の丸〕の小門からひそかに城外へ出るや、左手に松明、右手に手綱をつかんで走り出した。

夜の闇が、朝の闇に変じつつあった。

沼田を出て一里ほども走ると、木瀬民部は松明を投げ捨て、猛然と馬腹を蹴り鞭《むち》を鳴らした。

そのころ、追貝の金子屋敷にいて、万鬼斎の迎えをうけたゆのみは、その手紙を読み、顔色を変えて平八郎を起し、

「なにやら、一大事が起ったようすじゃ。川場の大殿が、すぐもどるようにとおおせゆえ、早う仕度を……」

「母上。いったい何事が？」

「わたしにもようわからぬ。一時も早う、川場の大殿のもとへ……」

「はい」

家来たちにまもられ、ゆのみと平八郎は雨乞山の間道を川場へもどって行ったのである。

ゆのみは、用意された小さな輿《こし》に乗った。

　こうして、朝となった。

〔三の丸〕の小門から、御曲輪の御前の侍臣たちが、

「ただならぬ様子で……」

出入りをしたことが、城内へも知れわたった。

　それと見て、弥七郎夫人は、

「美濃守を、これへ」

と、命じた。

　金子新左衛門が予定のごとく川場へおもむく仕度をはじめたところへ、御曲輪の御前から呼び出しがかかったのである。

　新左衛門は、夫人の居館へ出向いて行き、

「これより、川場へまいり、殿を迎えに……」

と、いった。

　すると、御曲輪の御前が、

「もはや、それにはおよばぬ」

と、いうではないか。

(……?)

新左衛門は、何やら胸がさわいできた。

御前はひたと新左衛門を見つめ、御前の傍には、赤倉五平ほか十余名の侍臣がひかえていて、こちらをにらみつけている。

「美濃どの」

「は……?」

「あれを、ごらんなされ」

御前のことばに、次の間の襖《ふすま》がひらかれた。

次の間に、重傷の梶田左平次が身を横たえていた。

「あっ……」

おもわず、新左衛門が叫んだ。

「こ、これはなんとして……」

胸のうちで、

(しまった……)

とおもった、そのおもいとおどろきが、そのまま卒直に新左衛門の挙動にあらわれた。

「殿は、川場の大殿に殺害されたのじゃ」

「ま、まさかに……」

「生き残って逃げ帰った梶田左平次が、はっきりと見とどけたことじゃ」

「あ……うう……」

「美濃どのは、このことを何と見らるる?」

と、御曲輪の御前の追及はきびしい。

「わかりませぬ。それがしには、わかりませぬ」

新左衛門は、動揺をかくそうともせぬ。

それを見て、御曲輪の御前は、

(美濃守は、知らぬらしい)

とおもった。

それほどに、新左衛門の驚愕《きょうがく》は烈《はげ》しく強く、正直に見えた。

御曲輪の御前は、新左衛門のことを、

(美濃守には、こころがゆるせぬ)

と、考えていたことがある。

いつも、うす笑いをうかべていて、めったなことでは腹の底をのぞかせる男ではない、と見ていた。

そうした金子新左衛門にしては、沼田弥七郎殺害におどろくさまが、まことに端的すぎる。

「何とて大殿は、そのようなことを……」

いいさして、新左衛門は絶句し、顔面蒼白《そうはく》となった。

新左衛門の口が無意味にうごき、そのまま、すとんと倒れ、気をうしなった。

五

昨日までつづいていた晴天は、この朝になると、鉛色におおわれ、雪まじりの風が強く吹きはじめた。

昼前に、厩橋城から、御曲輪の御前の実父・北条弥五郎が四百騎をひきい、沼田城へ駆けつけて来た。

むすめからの急使・木瀬民部がさし出した手紙を読むや、

「沼田へ急ぐぞ」

半刻もたたぬうち、武装をととのえて厩橋を発し、沼田へ駆けつけて来たのであった。

速い。

あまりにも、速すぎた。

気をうしなったふりをして、手当をうけながら、

(何とかせねばならぬ、何とか……)

懸命に、今後の方策を考えていた金子新左衛門も、御曲輪の御前の急使が夜明け前に厩橋へ向っていたとはおもいおよばぬことであった。

(これは、もはや、いかぬな)

あきらめざるを得ない。

こうなれば、万鬼斎やゆのみ、それに平八郎を見殺しにしても、

(わしは、助からねばならぬ)

と、決意をした。

新左衛門は、尚《なお》も意識不明をよそおうことにした。

こうしたときの新左衛門の〔演技〕は、堂に入ったものだ。これは彼の天性といってよい。

陰謀に長《た》けていればいるほど、その人物の演技は真にせまっている。

新左衛門は、城内の一室に横たわり、苦しげにあえぎつづけた。顔色も紙のようだ。

これは当然のことなので、万鬼斎や、むすめのゆのみと孫の平八郎を死なせることをおもえばいかな新左衛門とても苦悩せざるを得ない。

だが、御曲輪の御前や北条弥五郎でさえ、こうした金子新左衛門を見て、

（美濃守は、かかわりがないらしい）

とおもった。

北条弥五郎は、御前にこういった。

「美濃守が、このようにばかげたことをするはずはない。一国一城の主を殺害するにしては、そのはかりごとが幼なすぎるではないか」

万鬼斎と新左衛門が、脱走した和田十兵衛光政を利用するつもりでいたことに、御前も北条弥五郎も、それから沼田の家臣たちも考えおよばなかった。

もっとも、そこが新左衛門のつけ目であったわけだ。

北条弥五郎は、沼田の家臣たちをあつめ、

「これはみな、川場御前が我子の平八郎可愛《かわ》いさのあまり、仕《し》てのけたことにちがいない。親が我子を殺す。殺された子の妻をむすめにもったわしは、このまま、だまってはおられぬ。おのおのの肚《はら》が決まらぬのなら、それでもよい。わしは、すぐさま川場へ駈け向い、亡き弥七郎殿のとむらい合戦をいたすつもりじゃ」

と、いいわたした。

「御供つかまつる」

すぐに、重臣の下沼田豊前《ぶぜん》、発知《ほっち》刑部《ぎょうぶ》、岡谷平内の三名が賛意を表した。

沼田の近くの名胡桃《なくるみ》の城主で、沼田家にしたがっている鈴木主水《もんど》も百五十騎を引きつれ、

「御味方いたす」

と、駈けつけて来た。

北条弥五郎が沼田の家来たちを合せて千数百余の兵をひきい、川場へ駈け向ったのは、この日の夕暮れ間近になってからである。

雪が、ふりはじめていた。

そのころ、川場の沼田万鬼斎は脱出の仕度をととのえていた。

万鬼斎は、栗生《くりゅう》峠をこえて針山をぬけ、それから山づたいに会津《あいづ》へ逃げることにした。

会津城主・芦名《あしな》氏と万鬼斎とはむかしから親交がある。

万鬼斎は、帰って来た平八郎に弥七郎を殺害したことを告げなかった。

「何故か知れぬが……沼田の弥七郎が、わしやお前を殺しにやって来る、と、金子美

濃守からひそかに知らせてよこした。美濃守の身も、いまごろはどうなっていることやら……」

といい、

「さ、一時も早く会津へ逃げねばならぬ」

「沼田の兄上が、そのような……」

平八郎は信じられぬ面もちであったが、沼田を発した千数百余の軍勢が川場へ進みつつあることを、見張りの者が告げるのをきいて、父・万鬼斎のことばを信じないわけにはゆかなくなった。

夜に入って、吹雪となった。

その吹雪の中を、沼田の兵が川場へ押しつめて来た。

こちらは、わずか五十の手勢である。

平八郎は、

「早く、父上と母上を……」

と十名の家来・小者をえらび、万鬼斎とゆのみを脱出させた。

そして、みずから五十にみたぬ手勢を指揮し、沼田勢を迎え撃ったのである。

夜の吹雪であった。

それが、平八郎にさいわいをした。

沼田勢は、夜が明けるまで、川場の屋敷へ近づくことができなかった。

感心なことに、万鬼斎の家来たちは一歩も退《ひ》かずに奮戦をつづけた。

このことから見て、万鬼斎は家来たちを、かねてから、よほどに可愛いがっていたことがわかる。

矢を射かけ、渓流にかかる橋を切って落し、平八郎は馴《な》れつくした地形を利用し、さんざんに沼田勢をなやましたそうな。

しかし、朝が来ると、もう、ふせぎ切れなかった。

手勢は、十九名に減ってしまっていた。

「父上と母上の後を追うのだ」

平八郎は、この十九名をつれて、山中へ逃げこんだ。

一口に「会津へ……」といっても、雪にうもれた山また山をいくつも越えて行くのである。

いのちがけであった。

第七章

一

沼田万鬼斎と、ゆのみの脱出には、吹雪がさいわいした。
だが、川場を脱出してからは、吹雪が不幸となったのである。
山越えをして会津へ逃げるといっても、これは大変なことであった。
いまも、われわれが地図をひろげて見れば、たちどころに納得がゆく。
一つや二つの山を越えただけではすまない。
重畳たる山々の、その山腹をたどり、谷間をぬって、北へ北へとすすむのである。
夏の季節だとしても、この旅は困難をきわめたにちがいない。
ゆのみは、雪の山中に死んだ。
川場を脱出して何日目に、何処《どこ》の地点で死んだかは、くわしくつたえられていない。
万鬼斎とゆのみに従っていた家来・小者十名のうち、四名が、ゆのみと前後して死

亡している。

一説に、ゆのみは、川場を脱出するとき、沼田勢の射た矢に肩を刺され、その矢疵《やきず》がもとで死んだともいう。

これまでのゆのみの、女性《にょしょう》としては並はずれた精力と、すぐれた体格とをおもうと き、

（そうだったのかも知れない）

と、筆者も思う。

それにしても、沼田万鬼斎は、よく生きて会津へ逃げこめたものだ。

万鬼斎も、後から沼田平八郎が追いついてくれなかったら、山中で死亡していたろう。

十余名の家来をつれ、川場を脱け出した平八郎は、三日後に、万鬼斎一行へ追いついた。

そのとき、ゆのみはまだ生きていたろうか……。

不明である。

生きていたとすれば、ゆのみも我子・平八郎の腕に抱かれ、息絶えたことになる。

雪と寒気と飢えに、沼田万鬼斎は必死に堪え、平八郎にはげまされて、ついに、会

津へたどり着いたのであった。沼田勢は、万鬼斎と平八郎を深く追いつめようとしなかった。

「とうてい、生きてはおられまい」

だれも、そうおもったのである。

万鬼斎が、半死半生の身を寄せたのは、会津・黒川の城主・芦名《あしな》盛氏《もりうじ》のもとへであった。

黒川は、現在の福島県・会津若松市である。

芦名盛氏の祖先については、新編会津風土記に、

「……鎌倉右大将（源頼朝）藤原泰衡《やすひら》を征伐ありしとき、三浦十郎左衛門尉《さえもんのじょう》義連《よしつら》、軍功により、この地（会津）を領せり」

と、ある。

この三浦氏は、相模の国・三浦郡・芦名村から起ったものだというから、その地名をもって、のちに姓としたのであろう。

芦名盛氏は、中興《ちゅうこう》の英将ということになっている。

兵勢は強く、東北の一角に在って近隣を圧倒し、関東の北条家や、甲斐の武田信玄とも音信を通じていた。

芦名家と同じ三浦氏の出である、沼田万鬼斎としては、山つづきの隣国ともいえる会津だけに、早くから芦名盛氏と好《よしみ》をむすんでいたのだ。

それがいま、おもいがけなく効力を発揮したことになる。

芦名盛氏は、

「これは、なんとしてぞ」

おどろいて、万鬼斎を迎えた。

これまでに二人は、何度も手紙のやりとりをしていたけれども、会ったのは、このときがはじめてであった。

事情をきいて、芦名盛氏は、

「それは、お気の毒な……」

息も絶え絶えの万鬼斎に同情をよせ、

「いつまでも、おとどまりあれ」

と、いってくれた。

事情といっても、真実が語られたわけではない。

万鬼斎にしても平八郎にしても、これまでの金子新左衛門のことばを信じきっていたのだ。

黒川城内に身を横たえたとき、沼田万鬼斎の体力も気力も、ほとんど尽きかけていた。

「美濃守も、いまごろは、ひどい目におうていることであろう」

と、金子新左衛門の身の上を案じた万鬼斎だが、

「もう、わしもいかぬ」

平八郎に手をとられて、

「ようも、ここまで生きておられたものじゃ」

「父上……」

「平八郎。これまでに、何度も、お前に申したのう」

「は……」

「同じわが子であり、しかも、沼田の城主にしてやった弥七郎が、わしや、お前を殺害せんとした……これが、いまの、われらの不幸をよんだのじゃ」

「はい」

「弥七郎をそそのかしたのは、御曲輪の御前（弥七郎夫人）じゃそうな」

そういわれると、平八郎も何やら納得ができるような気がした。

（兄上よりも、兄上の奥方が悪いのだ）

と、おもった。

その兄・弥七郎も、万鬼斎によって殺害されてしまったのだから、今後の沼田の城主は、

(だれになるのか?)

であった。

弥七郎の後をつぐべき平八郎も、会津へ亡命している。

となれば、弥七郎未亡人は実父の北条弥五郎をたのむにちがいない。

北条弥五郎は厩橋《まやばし》の城主であり、上杉謙信麾下《きか》の宿将でもある。

そうなれば当然、上杉謙信が乗り出して来て、沼田城を我手におさめることになろう。

御曲輪の御前は、かねてから、川場の沼田万鬼斎・平八郎の父子とゆのみを警戒し、憎んでいて、夫・弥七郎をそそのかし、その暗殺をたくらんだ。

金子新左衛門の口から、それときいた万鬼斎は、弥七郎をおびき出し、奇襲をかけて討ち取った。

平八郎は、そうおもいこんでいる。

御曲輪の御前も、まさかに万鬼斎が、このようにおもいきった反撃に出るとはおも

わなかったろう。

「よい気味じゃ。よい、気味……」

と、万鬼斎は、わずかに勝ちほこった。

むなしい勝利ではある。

それから数日後に、沼田万鬼斎は息絶えたのだ。

息絶えんとして、万鬼斎は突如、はね起きた。

そして、恐るべきちからをこめて平八郎のくびすじを両腕に抱きしめ、

「平八……たのむ」

「父上……」

「たのむ、沼田を……」

「は……」

「かならず、沼田の城を、うばい返せ。よいか、平八郎。沼田城を、お前の手に
……」

いいさして、万鬼斎は両腕を宙へ突きあげ、活《かっ》と口を開き、白く眼をむき出したかとおもうと、仰向けに音をたてて倒れたのである。

万鬼斎は、こうして、六十七歳の生涯を終えた。

平八郎は、沼田城奪回を父の遺体に誓った。

二

万鬼斎亡《な》きのちも、沼田平八郎は会津・黒川城にとどまった。

他にたよる場所もない。

芦名盛氏は、

「なんと申しても、沼田には、平八郎殿という後つぎがある。家中《かちゅう》の紛争《みだれ》があって、このような始末とはなったが、沼田の士《もの》たちにとっても、平八郎殿を迎えることが、もっともよいはずじゃ」

と、いってくれた。

いずれは、平八郎のために、

(沼田を取りもどしてやりたい)

芦名盛氏は、そう考えていたようである。

しかし盛氏は、常陸《ひたち》の戦国大名・佐竹義重《さたけよししげ》や、二階堂《にかいどう》、横田など近辺の豪族たちと戦うのにいそがしく、とても、沼田へまでは手をのばすことができなかった。

ところで、その後の沼田城は、どうなったろうか。

やはり、平八郎のおもったようになったのである。

沼田の家臣たちは、御曲輪の御前の実父・北条弥五郎のすすめをうけいれ、上杉謙信の指示をあおぐことにした。

弥七郎は死亡。平八郎は会津に亡命したとなれば、沼田家の後つぎが無いことになる。

上杉謙信は、

「では、わしの代りとして、柴田右衛門尉をつかわそう」

といい、柴田が城代として沼田城へ入った。

ところが、この柴田右衛門尉と沼田の家臣との間が、どうもうまく行かない。

上杉謙信は、事情が事情だけに、沼田衆の申し立てを重く見た。

「沼田を治めるのは沼田の者にまかせるが、もっともよい」

これが、謙信の考え方である。

自分は、これをかばい、自分の麾下として見まもっていればよいのだ。

また謙信は、いざというときに、すぐさま自分をたよって来た沼田衆の忠誠をうたがわなかった。

謙信は、川田伯耆守《ほうきのかみ》ほか二名の家臣を沼田へさしむけ、城代とした。つまり、城代三人の合議によって、沼田をおさめさせることにしたわけだが、このとき、俄然《がぜん》、金子新左衛門が擡頭《たいとう》した。

新左衛門は、領内の民政を上杉謙信にまかされたのである。

もっとも新左衛門は、万鬼斎が城主であったころから、上杉謙信と万鬼斎の間をとりもち、謙信には非常な信頼をうけていたのだ。

六十に近くなった新左衛門だが、

(またしても、わしに芽が吹いたのう)

野望に、ふるいたった。

(もしやすると……?)

新左衛門の脳裡《のうり》には、会津に亡命している孫の平八郎の顔のことなぞ浮かびもしなかった。

(もしやすると、わしは……わしは、上杉公のちからぞえによって、この沼田の主《あるじ》になれるやも知れぬ)

のである。

(今度こそ……)

失敗をしてはならぬと、新左衛門はわが胸に誓った。

金子新左衛門は、精力的にはたらきはじめた。

領内の治政については、むかし追貝の庄屋であり、万鬼斎に見出《みいだ》され、沼田家の重臣となってから二十年の経験をつんできた新左衛門だけに、すべてに遺漏はない。

しかも、沼田の遺臣たちをもたくみに懐柔してしまった。

ひとつには、故・沼田弥七郎夫人の御曲輪の御前が、厩橋の実家へ帰ってしまったことも、新左衛門にさいわいした。

弥七郎殺害の後に、夫人がすばやくおこなった処置のするどさ、恐ろしさには、新左衛門も、

（生きた心地がせなんだわい）

だったのである。

こうして、沼田城は小康をたもつことになった。

この間に……。

日本の戦乱は、しだいに、その様相を変えつつあった。

沼田万鬼斎が死んだ翌年、すなわち元亀《げんき》元年夏。

岐阜城主・織田信長は、越前の朝倉義景と近江の浅井長政の連合軍を姉川に打ち破

り、ここに、略々《ほぼ》、近江の国の平定をなしとげた。

信長の本拠である美濃の国と、京都の間に横たわる近江の国をわがものにしてしまえば、信長の上洛《じょうらく》は、まことにたやすいものとなる。

天皇おわす日本の首都を、織田信長は、すばらしい実力をもって経営しはじめた。

ちからおとろえた足利将軍など、信長の眼中にはないのである。

天皇や、京都市民が信長にかけている期待は大きい。

だが信長は、これから三人の強敵を打ち倒さなければならなかった。

一は、中国一帯に君臨する毛利家。

一は、甲斐から東海の地へ進出しかけている武田信玄。

一は、越後の上杉謙信である。

毛利はさておき、いま、京都経営に全力を投入している信長の背後をおびやかしているのは武田信玄だ。

三河の徳川家康が、これを必死にふせいでいる。

しかし、いずれはふせぎきれまい。

兵力のスケールが、武田軍とではくらべものにならぬ。

武田軍と決戦するためには、どうしても織田・徳川が合同して立ち向わねばならな

い。

信長も、そうしたいのだが、いま、目をはなせぬ。

京都から目をはなせぬ。

せっかくに、手中へつかみとった日本の首都であった。

姉川で破れた朝倉・浅井の両軍も、諸方に蠢動《しゅんどう》しているし、京都をねらう戦国大名も絶えきってはいない。

信長が目をはなしたら、彼らは、たちまちに反撃の火ぶたを切るであろう。

だから信長は、背後へ兵を割けない。

「いますこしの辛抱だから、なんとしても三河の国をまもりぬいてもらいたい」

と、徳川家康をはげまし、みずからは獅子《しし》奮迅《ふんじん》となって、身のまわりにせまる敵の反撃を一つ一つ叩《たた》きつぶしにかかった。

武田信玄は、年毎《としごと》に大軍をくり出し、一城一砦《さい》と徳川家康の勢力をうばい取りつつあった。

織田信長としては、気が気でなかったろう。

武田軍の進出もおそろしいが、上杉謙信が突如、横合いへあらわれることも考えられる。

謙信が、もしも越後・春日山の本城を出て北陸道をぬけ、いっきょに越前から北近江へ進撃して来たら、

（とても、勝てぬ）

のである。

当時、日本最強の軍隊をもつ上杉・武田と、まともに戦ったら、織田軍はもちこたえることが、とうてい出来まい。そのことは、信長自身がよくわきまえていた。

三

ここで、この物語は、いっきょに先へ飛ぶことになる。

十八歳の沼田平八郎が、亡父・万鬼斎と共に川場を脱出してから十一年を経た天正八年（一五八〇年）の秋となった。

平八郎は、二十九歳になっている。

すでに、平八郎は会津を去っていた。

この年の夏に、芦名盛氏は病歿《びょうぼつ》している。

平八郎が会津を去ったのは、二十七歳の夏のことであり、それまで、彼が芦名盛氏

をたすけて、諸方に転戦したことは容易に想像できる。

盛氏は、

「このまま、会津におられては、いつまでたっても沼田へもどれまい」

と、さびしそうにいった。

「ついに、おぬしの役には立てなんだわい」

「いいえ……これまでに、おかくまい下された御恩を、平八郎は忘れませぬ」

「ともあれ、もそっと、沼田へ近づかねばならぬ」

「はい」

「金山《かなやま》の由良《ゆら》国繁《くにしげ》が、おぬしを引き取ってもよい、と申してきているが……」

「さようでござりましたか、それは……由良殿はいま、織田信長と好《よしみ》を通じておると

か」

「そうじゃ。おぬしを迎え、沼田を攻めてくれようぞ」

芦名家における沼田平八郎の武勇は、だれ知らぬものはなかった。

由良国繁も、平八郎へ期待をかけていればこそ、

「庇護《ひご》いたそう」

と、芦名盛氏へ申し出たのであろう。由良の居城は、現・群馬県・太田市の北方に

そびえる金山に築かれてい、城主の由良国繁は、父・成繁《なりしげ》の後をついだばかりで、年齢も平八郎と同じであった。

金山城は、赤城山の南麓《なんろく》であり、沼田城は北麓である。

つまり巨大な赤城の山を間にして、二つの城があった。

「よう、まいられた」

と、由良国繁は、こころよく沼田平八郎を迎えてくれた。

平八郎は、川場を脱出したとき以来の侍臣八名と、芦名盛氏がつけてよこしてくれた五十騎をしたがえ、金山城へあらわれたのだ。

「平八郎殿、いまの沼田城は、武田のものでござる」

と、国繁が、ささやくようにいった。

平八郎と同年ながら、国繁は三十をこえて見えた。

小柄で、ふっくりとした躰《からだ》つきが、長身精悍《せいかん》の平八郎の体軀《たいく》と対照的である。

若いのに、ひたいのあたりから禿《は》げあがってい、そのひたいが大きく張り出し、くぼんだ小さな眼がいつも閉じられているように見える由良国繁であった。

「機会《とき》を待たれよ、平八郎殿。その機会は、かならずまいる」

と、国繁がいった。

幼少のころから、人をうたがうことのないままに成長した沼田平八郎だけに、

「かたじけのうござる」

国繁の、親しみぶかそうな態度と、念の入ったもてなしぶりに感動をした。

由良国繁は、重臣である矢羽助信《やばねすけのぶ》の屋敷を、平八郎の宿所にあててくれた。

のちに、平八郎は矢羽助信のむすめ・たまを妻に迎えることになる。

それはさておき……。

この数年間に、時代はさらに大きく変りつつあった。

いま、織田信長が天下平定の独走態勢に入っている。

このころの織田信長ほど、幸運にめぐまれた人物はいまい。

武田信玄と上杉謙信、この二人の強敵が相ついで病死してしまったからである。

信玄は完全に、徳川家康を圧倒し、東海の国々を切りしたがえ、いまにも信長の背後へせまらんとして、急死をとげた。

謙信もその後、大軍をひきいて、北陸道を進軍する予定でいたところ、信玄死んで五年後の天正六年三月に、これも急死した。

上杉謙信の死を、沼田平八郎は会津できいた。そして、この年の夏に、由良国繁のもとへ来たのであった。

謙信亡きのちの上杉家は、一族の内乱がつづき、たちまちにおとろえを見せはじめたが、信玄の子の武田勝頼は必死に、織田信長への反撃をこころみている。

その武田勝頼が、信州・上田の城主・真田《さなだ》安房守《あわのかみ》昌幸《まさゆき》に、

「わしの代りに、沼田をまもれ」

と、命じたのは、天正八年六月のことであった。

矢羽助信のむすめ・たまが十八歳で、沼田平八郎の妻となったのも、ちょうどそのころのことだ。

四

矢羽助信は、男子三人をもうけていたが、むすめは、たま一人だ。

「おぬしのむすめを、平八郎にあたえてはどうか？」

と、助信にいったのは、由良国繁である。

矢羽助信は、この若い主人の一族でもあり、軍事に政略に、国繁を補佐して縦横に活躍をしているらしい。

助信は、よくよく考えぬいた上で、

「そのように、はからいましょう」

と、こたえた。

たまは、まだ少女のおもかげがぬけきれていないほどに見え、平八郎が矢羽邸で起居するようになると、すぐに馴《な》ついてしまい、平八郎も、たまと語り合うのが、こころたのしかった。

平八郎とたまは、矢羽助信のすすめに応じた。

平八郎もいまとなっては、由良国繁をたのむより他に、

〔沼田奪回〕

の、のぞみはない。

なによりも、こころ強いのは、由良国繁が織田信長と通じていることである。

国繁は、まだ一度も信長と対面をしていないけれども、国繁の代理として矢羽助信が二年ほど前に新築成った安土《あづち》城へおもむき、信長へ目通りをしていた。

つまり矢羽助信は、万鬼斎時代の金子新左衛門のような役目をつとめているわけだ。

平八郎とたまの新婚生活は、

「おぬしたちのために……」

と、矢羽助信が奥庭の一角に新築してくれた館《やかた》でいとなまれた。

会津にいたころ、芦名盛氏が何度も、

「妻をめとられては……」

と、平八郎にすすめたものだが、

「沼田を、うばい返すまでは……」

平八郎は、そうこたえた。

会津にいたころ、女体にふれぬでもなかった沼田平八郎であるが、新婚の夫としては、妻同様に初々《ういうい》しく、

「よき聟《むこ》どのを迎えられたものじゃ」

と、金山城下の人びとは、みな、二人の結婚に好感を抱いたようである。

たまは、躰がいたいたしいほどに細く、乳房のふくらみもうすい。

抱いてみると玩具《がんぐ》のような感じがした。

平八郎は、いたわりをこめて妻を愛し、たまは懸命にこたえる。

その懸命さが、いじらしかった。

平八郎は、わが巨体のひざの上へ妻の白く細い、なよやかな躰を抱きあげ、愛撫《あいぶ》をおこなった。これは、幼な妻にふさわしい愛撫の仕方であったようだ。たまは夫に甘えぬいた。

「いずれは、わたくしも殿と共に、沼田のお城で暮すことになるのでございますね」

と、平八郎の体毛が密生した厚くひろい胸肌へすがりつくようにして、たまがいう。

「沼田へ……」

「はい。父が、そのように申しました」

「助信殿が、か？」

「はい。父が申しておりました」

「なんと？」

「もはや、天下は織田信長公の御手にゆだねられたも同じことじゃ、と……」

「ふむ」

「いまひと息とか……」

「なるほど」

「そのためには、一日も早う、甲斐の武田を打ちほろぼさねばならぬ、と……」

「それはそうだ」

近い将来に、織田・徳川の連合軍が、甲斐へ攻め入るであろう。

十年前にくらべて、その態勢はじゅうぶんに、ととのえられつつあるといってよい。

五年前の天正三年五月。

織田信長は、ようやくに大軍をひきいて徳川家康を応援し、三河・長篠《ながしの》において武田軍と戦い、大勝利をおさめた。

このときの信長は、新兵器の鉄砲を大量にもちこみ、武田軍に徹底的な打撃をあたえた。

それからの武田勝頼は後退するばかりで、これに反し、徳川家康はつぎつぎに旧領をうばい返し、武田方を圧倒しつつある。

あとは、決定的な一撃をあたえ、

「武田家を完全に討滅すること」

だけが、信長と家康に残された課題であった。

信長と家康が甲斐に攻めこんで来て、これをふせぎ切れなかったとき、武田勝頼はどうするか……。

おそらく、信州・上州へ逃げこみ、ここで態勢を立て直さなくてはなるまい。

信州・上州には、真田昌幸のように、むかしから武田家に従っている武将や豪族がすくなくない。

織田信長が、そのときのことを考え、信上二州の武将や豪族と通じ、いまからこれを手なずけようとはかっているのは当然だし、由良国繁も、その中の一人であった。

国繁は、

「織田公の天下となったときには、自分も上州一国を領してみたい」

と、野望を燃やしている。

沼田平八郎を引き取ったとき、国繁は、密使を信長のもとへ送り、このことを報じていた。

信長は、

「ほう。そのような男がいたのか……」

いたく、平八郎に興味をおぼえた様子だったという。

「国繁殿に、その沼田平八郎をたいせつにされよ、と、この信長が申していたとつたえられたい」

と、信長は国繁の使者にいった。

五

平八郎がたまと結婚をした天正八年の十一月も末となって、織田信長の密使・戸村《とむら》源五郎《げんごろう》という者が、金山城へあらわれた。

「いまのうちに、何ともして沼田城を攻め取ってもらいたい」

と、信長がいってきたのだ。

これは、信長の武田攻略のときが近づいたことを意味している。

この年、武田勝頼の命令をうけ、沼田城へ入った真田昌幸は武田麾下の武将の中でも、屈指の武勇をほこる人物だし、上州・信州の二国における軍事勢力は、むかしからつみかさねてきた実績によって、あなどりがたいものがあるのだ。

もしも、武田勝頼が真田と共に、沼田城へ立てこもってしまったら、織田信長にとっては、非常にめんどうなことになる。

「今度こそ、一撃《ひとうち》で……」

武田の息の根をとめてしまいたい織田信長であった。

そうしておいて、一日も早く、中国の毛利家を屈服せしめねばならない。

そうなったとき、はじめて織田信長の、

〔天下統一〕

が完成を見ることになる。

信長は、

「沼田攻めの折には、沼田平八郎に先陣をさせたほうがよろしい。平八郎は沼田をう

ばい返さんため、死身のはたらきをするにちがいあるまい」

と、由良国繁にいってよこした。

それでいて、

「沼田城を攻め落したあかつきには、由良殿にあたえよう」

と、いうのである。

国繁は、居間へ矢羽助信をまねき、使者がつたえた織田信長のことばを打ちあけた。

助信が、深くうなずく。

「平八郎には、はたらけるだけはたらいてもらおう。どうじゃ助信」

「いかさま……」

「だが、沼田は、わしの城になる。ここのところを、よくわかっていような」

「承知してござる」

「そのときは、この金山の城を、助信にあたえよう」

「この御城を、それがしに……」

矢羽助信の老顔に血がのぼってきた。

「誓うぞ」

「か、かたじけのうござる」

「当然のことではないか」

「は……なれど……」

「なれど？」

「平八郎は、おそらく沼田の城をわがものにと、おもいこむにちがいござらぬ」

「おもわせておけ。それで、よい」

主従は眼と眼を見合せ、わずかに、うなずき合った。

矢羽助信にしても、むすめをあたえてまで平八郎を大切にしてきたのは、沼田攻めのことを考えてのことである。

しかし、信長と国繁の間に、はなしがそこまですすめられていようとは考えなかった。

助信は、若い主《あるじ》が気味悪くなってきた。

自分ひとりが、由良と織田の間を取りもっていたつもりでいた矢羽助信であったが、

（わしの、あずかり知らぬことが、まだあるやも知れぬ）

と、おもえてきた。

沼田平八郎の武勇を利用することは、助信もわきまえていたが、由良の本城が沼田へ移り、自分が、この金山城主となることまでは考えおよんでいなかった。

（では、沼田を攻めとったとき、平八郎の身はどうなるのか？）

このことであった。

すると……。

矢羽助信の疑問を、待っていたかのように、由良国繁がこういった。

「沼田攻めの戦場で、平八郎は討死をするやも知れぬ」

「は……」

「な、そうであろうが……」

ねむりかけているような由良国繁の、細く小さな両眼の奥底にひそむものを、助信は直感した。

「討死をしてもらわねばなるまい。な、そうであろう、助信」

討死をしなければ、討死をしたことにしてしまおうと、国繁はほのめかしている。

これは、どういうことなのか……。

「なれど、平八郎は、むすめ聟にて……」

「情がわいてきたのか」

「いえ、それは……」

「むすめ聟と、この城と、どちらがほしいのじゃ？」

「は……」

そのとき、由良国繁が断定的に、

「むすめには、また、聟をとればよい」

と、いいはなった。

いわれて、矢羽助信の決意がかたまった。

「さようでござった」

何事も割りきって行かなくては、弱肉強食の戦乱の世を、武士はわたりきれないのである。

かつて、沼田万鬼斎が、ゆのみの裸身を湯壺《ゆつぼ》の中で抱きしめつつ、

「いまに見ておれ。わしは、関東を手中におさめるぞ」

などと、息まいていた大らかな時代ではなくなってきているのだ。

世にいう戦国時代にも、いくつかの段階がある。

諸国にかぞえきれなかった小勢力の争いが、しだいに大きな勢力にふくみこまれて来て、いまは、織田信長の威望が天下を圧しつつある。

こうなると、ちからまかせに戦っていれば、それですむというものではない。

大勢力のために、小勢力は屈従しつつ、さらに、おのれの〔分け前〕を、むさぼり

奪《と》らねばならぬ。

そのためには、肉親の情愛なぞに、かかわり合ってはいられないのだ。

戦国の武人である以上、この階段をふみ外《はず》してはならない。

（そうじゃ。むすめには、また新しい聟をとればよい。わしが、もしも、この金山城の主となることができたら、たまの聟になる男はいくらも見つけられよう）

金山城を退出するときの矢羽助信には、いささかの感傷も残っていなかった。

年が明けて、天正九年の正月となった。

正月の四日。

織田信長の密使が、由良国繁のもとへ駈《か》けつけて来た。

「急ぎ、沼田城を攻め落してもらいたい」

と、いうのだ。

使者は、信長の誓紙《せいし》をたずさえて来た。

「沼田を奪い、上州における武田と真田の勢力を殺《そ》ぎ取ったときは、由良国繁に、上州一国をあたえる」

と、いうものである。

その夜。

由良国繁は、金山城内へ沼田平八郎をまねいた。

「いよいよ機《とき》がまいったぞ、平八郎殿」

「沼田を？」

「さよう。攻め落すのじゃ」

平八郎は興奮した。

六尺に近い巨体が闘志に燃えあがってゆくのを、国繁は凝視しつつ、

「おぬしを総大将にいたそう」

「かたじけのうござる」

「兵は、千五百。それでよろしいかな？」

「はっ」

平八郎が由良家の庇護をうけているときいた、沼田の旧家来たちも、二百人ほど、去年の秋ごろからあつまって来ていた。

これらの人びとは、上杉家の支配をこころよくおもわず、沼田を脱して牢人《ろうにん》となった旧家来たちである。彼らは、沼田氏の正しい血統をつぐ平八郎と共に、沼田入城を果すことに、いのちをかけていた。

「先《ま》ず、祝おうではないか」

由良国繁が、酒肴《しゅこう》をはこばせた。

矢羽助信も、その席へよばれた。

平八郎は勇みたっている。

この日のために、彼は、沼田攻撃の作戦を練りあげていた。

それに、平八郎のもとへ駈けつけて来た沼田の旧家来たちは、ひそかに沼田一帯の地へ、旧主・沼田家の後つぎが健在であることを告げひろめていた。

その反応は、おもいのほかに強かった。

地侍《じざむらい》たちや、領民たちの中には、平八郎に協力を惜しまぬ、と、いい出た者がすくなくない。

そのことが、平八郎の自信と闘志を層倍のものとしている。

「ときに、平八郎殿」

ふと、おもい出したように由良国繁が、

「今日の暮れ方に、旅絵師がまいってな」

「さようで」

「腕がたしかなので、しばらくは、とどめておくことにした」

当時の旅絵師は、よい職業だったといえよう。

室内の装飾……つまり襖絵《ふすまえ》や天井の飾り絵などのほかに、肖像画の需要が多い。それは現代人の想像以上のものがあったろう。

写真や印刷のなかった時代なのである。

すこしでも名のあるものが、自分の顔かたちを絵にしておきたいという欲求はうなずける。

諸国をまわり、見本の絵をしめして、城や屋敷にとどまり、仕事をして歩く旅絵師は大いに歓迎されたのであった。

「酒興《しゅきょう》じゃ。出陣を前にした平八郎殿の顔を描かせて見ようではないか」

この由良国繁のことばを、平八郎はことわる理由もなかった。

旅絵師がよばれた。

表主殿の、あかるい灯をうけてあらわれた中年の旅絵師は、色白の、ふっくりとした顔だちで、物腰もやわらかい。

「およびでござりましたか」

両手をつき、旅絵師が国繁へ平伏した。

その横顔をながめ、沼田平八郎が愕然《がくぜん》となった。

第八章

一

旅絵師の顔に、平八郎は見おぼえがあった。

いや、かつて平八郎が見おぼえていたその男の顔とは、まるでちがっているように見えながら、しかし尚《なお》、厳としてうごかすことのできぬ〔その男の顔〕なのであった。

沼田平八郎が、うめくように、

「おぬし……和田十兵衛……ではないか？」

すると旅絵師が、平八郎へ向き直り、両手をつき、

「久しゅうござります」

といった。

「おお。やはり……」

まさに、和田十兵衛光政だったのだ。

いま、十兵衛は青々とあたまを剃《そ》りあげ、旅絵師の風体《ふうてい》がぴたりと身についている。

十兵衛が平八郎へ向けた両眼には、やさしい澄みきった光りが、おだやかにたたえられていた。

「いまの私は、和田十兵衛ではございませぬ」

「なんと……？」

「京に住む絵師、住吉雪峰《すみよしせっぽう》と申しまする」

「ふうむ……では、まことの絵師になりきった、と申す？」

「さようでございます」

これまで、二人の様子をおどろいて見まもっていた由良国繁が、

「平八郎殿。これは、どうしたわけじゃ。和田十兵衛と申せば、むかし、沼田万鬼斎殿が存命中に、沼田衆の中にも音にきこえた勇士であったそうな……その十兵衛が、この住吉雪峰じゃと申すのか？」

「さようでございます」

平八郎がこたえる前に、十兵衛が、

と、いった。

「ふうむ。それは奇遇なことじゃ。のう助信」

「はい、まことに……」

と、矢羽助信も夢からさめたような顔つきになって、

「殿。今夜は和田十兵衛どのを、わが屋敷に迎え、平八郎殿と、こころゆくまで……」

「おお。それがよい、それがよい。むかし語りがつきぬことであろう」

由良国繁は、ただちに平八郎と十兵衛を矢羽屋敷へ引き取らせることにした。

矢羽邸内の奥庭の一角にある平八郎の館《やかた》へ、和田十兵衛が案内をされたころ、金山城内では由良国繁が、

「助信。おどろいたのう」

「あの旅絵師が和田十兵衛とは……」

「十兵衛ほどの豪勇の士を、見捨てておいては、もったいないことだ。どうじゃ」

「いかさま。なれど十兵衛は、まこと旅絵師なので？」

「描いた絵を見たぞ。いや、なかなか立派なものじゃ。沼田を逃げてより、絵の道ひとつに生きてまいったものと見える」

「なるほど」

「いかがであろう。十兵衛を味方に引き入れようではないか」

「けっこうなことで」

「平八郎に申せ。十兵衛を説きふせるようにと、な」

「心得ましてござる」

「十兵衛とても、沼田を忘れるものではあるまい。説きふせれば、かならず起《た》つ。武人の血の熱さは武人でのうてはわからぬゆえ、な」

「いかさま。なれど……」

「なんじゃ？」

「沼田を攻め落したるとき、平八郎の身柄は？」

「それは、かねて打ち合せたとおりにいたせばよい」

「そのとき、和田十兵衛が承知いたしましょうか？」

「十兵衛は、沼田攻めに要るのじゃ。沼田がわしの手に入ったときは、十兵衛も平八郎も要らぬ」

「では、十兵衛も……」

「わかったか、助信」

「は……承知つかまつった」

「このことは、たれの耳へも洩《も》らすな、よいか」

「承知」

沼田平八郎は、居室へ酒肴《しゅこう》をはこばせ、和田十兵衛と二人きりで語り合っている。

二人の話題は、必然、十兵衛脱出事件へ移っていった。当然であったろう。

十余年前のあのとき……。

和田十兵衛は、沼田弥七郎朝憲《とものり》夫人と密通のうたがいをかけられた。

その嫌疑は、夫人の強硬な弁明によって、はれたかに見えた。

しかし、川場にいる沼田万鬼斎が、

「ともあれ、わしが十兵衛の口から、きいて見たい」

というので、父のことばにそむくこともならず、弥七郎朝憲は和田十兵衛を川場へさしむけたのである。

いっぽう万鬼斎は、川場へ来る十兵衛を途中に待ちうけ、討ち果すつもりであった。

単騎、川場へ向った十兵衛は、雨乞山のふもとから馬首を転じ、一気に小川の湯へ駈《か》けつけ、金子新左衛門が農婦に生ませたおふいをつれ、そのまま、消息を絶ったのである。

沼田平八郎は、それからもずっと川場の屋敷にいて、父・万鬼斎と母・ゆのみの傍をはなれなかったし、沼田城へ兄・弥七郎をたずねたとき、

「兄上。和田十兵衛は、何故《なにゆえ》、消息を絶ちましたのか？」

何度も弥七郎へ問うたことがある。そうしたとき弥七郎は、

「そのようなことは、お前が、もっと大人になってから、ゆるりときかせてやろう。いまは只《ただ》、一生懸命に学問をし、武術にはげめ」

と、いうのみであった。

万鬼斎とゆのみは、

「和田十兵衛が御曲輪《くるわ》の御前と密通いたしたのは、たしかなことじゃ。十兵衛のごとき男が沼田から消えたのは何よりのことじゃ」

と、平八郎にいいきかせていた。

だから平八郎も、そうおもいこんでいたのである。

しかし、ふしぎに和田十兵衛を憎むこころがおきなかった。

それというのも、翌年の正月に、兄の弥七郎朝憲が、父・万鬼斎を討たんとして、兵を川場へさしむけた、と、きかされていたから、その後は、弥七郎を憎む気持のほうが強くなり、したがって、

（十兵衛が兄にそむいたのも、わかるような気がする。兄上は、あのようにやさしい父や母を殺さんとしたお人であったゆえ……）

そう、おもっていた。

沼田弥七郎が、父・万鬼斎のさそいにのせられ、川場で暗殺されたことを平八郎は見ていない。

弥七郎が死んだのは、その後に沼田の兵が北条弥五郎にひきいられ、川場へ押し寄せてきたときの戦闘においてだ、と思いこんでいる。

そのときは、川場へ駈けもどった平八郎も沼田勢を相手に吹雪の中で奮戦をした。

だが、なんといってもあの猛吹雪の中だ。兄・弥七郎がどこにいたのか見当もつかぬことであった。

また一つには、その後の沼田の家臣たちが、弥七郎の死を、平八郎が考えていたのと同じように、発表をしていたからでもある。

城主の弥七郎が、父の隠居所で〔だまし討ち〕にあったというのでは、天下へのきこえもどうかとおもわれたからであろう。

ゆえに、弥七郎は、

「隠居中の父をだまし、合せて、わが子の平八郎を沼田城主にしようという陰謀をめぐらしていた万鬼斎の側妾《そばめ》・ゆのみを討つため、川場へ押し寄せ、万鬼斎の手勢と戦っているうち、流れ矢に胸を射込まれ、ついに亡《な》くなられた」

そういうことになっていたのだ。

二

こういうわけで、その夜の沼田平八郎と和田十兵衛のはなしは、ことごとに食いちがってしまう。

十兵衛は苦笑をもらした。

「なるほど。なるほど、なるほど。あなたさまは、そのようにおもわれておいでになりましたのか。……な」

「十兵衛……」

「あ、お待ちを。いま一度、申しあげておきまするが、私はもはや、和田十兵衛光政ではござりませぬ。一介の絵師・住吉雪峰でおざる」

「わかった。では、雪峰どの……と、よんだらよいか」

「はい」

住吉雪峰は大きくうなずき、

「もはや刀にも槍《やり》にも、戦さにも用のない身にござる」

「うむ……おぬしは、いま、おれが申したことを笑うたな」

「はい」

「何故、笑うた？」

「あまりにも、間ちがいが多すぎまするので……」

「間ちがい、だと？」

「さよう」

「何が間ちがいだ。おぬしだとて、兄・弥七郎には、あれほどひどい目に……」

「さて……」

「兄は、まことに恐ろしい男であった。あのようにやさしい父上を、わが手にかけようとした」

「………」

「何故、だまっている」

「さて……」

「申すことあらば、申してくれ」

「いや……」

雪峰は、わずかにかぶりを振って、

「いまとなりましては、十余年前のことにつき、何を申しあげても詮《せん》ないことでござる。それよりも平八郎さま。先《ま》ず、おきき下され」

「なんのことだ？」

「はい。あなたさまは、これから上も武人として生くるおつもりでござりましょうや？」

「いまさら、何を申すのだ。いうまでもないことよ」

「それで、いつまで此処《ここ》に……いや、由良国繁さまの下《もと》におられますのか？」

「沼田城を、この手にうばい返すまでだ。由良殿も、矢羽助信殿も、おれにちからを貸して下さる。おそらく近いうちに沼田へ攻めかけることができよう。由良国繁殿のうしろには織田信長公がついておわすのだ」

「なるほど」

「十兵衛……いや雪峰どの。むかしのことは忘れよう。おぬしもむかしの姿にもどり、おれと共に沼田へ帰らぬか、どうだ？」

と、平八郎がいったのは、由良国繁のように十兵衛を利用するつもりだったからではない。

平八郎は語り合っているうちに、幼年のころから、

（立派な武将）

として憧憬《どうけい》を抱いていた和田十兵衛と、

（共に戦いたい）

純真にそうおもったまでのことであった。

住吉雪峰は微笑し、かぶりを振った。

「それほどに、旅絵師の境界《きょうがい》がよいのか？」

「はい」

「おもいもよらぬことだ、和田十兵衛ともあろう者が……」

「私も、さように思いまする」

「おぬし、何故、武士を捨てた」

「武士は城を取り、城を守るのがいのちでござります」

「ふむ……」

「なれど、私の絵も、いまは私のいのちになってしまいました。沼田を出てより、白根の山中に、さよう……三年もおりましたが、そのとき、高野山の法師どのと出会い、つれづれに絵筆をもてあそぶことをおぼえました。それが、病みつきになりましてなあ」

「さようか……」

「いまは、京の町に、妻と二人の子と住み、折にふれては、こうして旅をまわり絵を描いております」

「おもいもかけぬ……」

「はい。われながら、さようにおもいまする。なれど……なれど、いまの世の戦さぶりも、ひどう変ってまいりました。もはや、世におくれた私の槍など、つかいものになりませぬ。いまの世は、槍や太刀をもって戦うよりも先に……」

いいさして、住吉雪峰がするどく平八郎を見つめ、

「むかし、沼田の城で引き起された騒動などは、いまやあたりまえのことになってしまい申した。いまの世の戦さは、だまし合い、裏切り合い、主従もなく親子もなく、血なまぐさいばかりのものとなり果てました」

沼田平八郎の口もとに笑いが浮いた。

苦笑である。

平八郎は単純に、

(和田十兵衛ほどの男が、臆病《おくびょう》になったものよ)

と、感じただけである。

その平八郎のおもいを、雪峰はたちまち看破し、あわれむかのように平八郎へ笑いかけつつ、

「なれど、私の城は決して私を裏切りませぬ。私の城は私の絵……私のこの手が描く絵でござれば……」

「もう、よいわ」

平八郎がさえぎった。

怒ってのことではない。

「では雪峰どの。おれが沼田の城をうばい返したなら、遊びに来てくれい」

あたたかいことばをかけたつもりの平八郎を、雪峰がじろりと見て、

「うばい返せましょうかな？」

「何……」

「いま、武田の城代として沼田城をまもる真田昌幸は、ひととおりの男ではございませぬ」

「おれに討てぬ、と申すのか」

「戦さは刀と槍のみで、決まるものではござりませぬ」

「だまれ！」

今度は平八郎が怒った。

「もうよい。城へもどれ」

「いますこし、申しあげたきことが……」

「もう、よいわ。旅絵師の申すことをきいたとて、益にもならぬ」

平八郎は、戦場における自分の武勇に大きな自信をもっている。

それが、いまは武人でもなくなった雪峰に、軽く見られたことで誇りを傷つけられたのであった。

「では……」

雪峰は、さからわなかった。

眼を伏せ、両手をつき、

「もっともなことにござります。いまさら、旅絵師の私が戦さや城取りのことを口にのぼせても、仕方のないことでござりました」

「もう、よい、もう、よい。さ、早う、城へもどれ」

「はい」

立ちあがって出て行きかけたとき、住吉雪峰は、ふと足をとめて平八郎を振り向き、片ひざをついた。

「平八郎さま」

「なにか？」

「私の妻は、金子新左衛門様が、穴沢村の百姓のむすめに生ませたものにて、名をおふいと申しまする」

「なに……それは、すこしも知らなんだ」

「つまり、あなたさまの義理の叔母ごにて……おぼえておいて下されますよう」

「そうか。ふうむ、そうか……」

おどろいたが、会ったこともないおふいには、別に感動もわかぬ平八郎であった。

「では、御武運を、いのりあげまする」

「おぬしも堅固《けんご》でおれ。いや、おぬしが城を去る前に、また会えよう」

「はい……はい」

だが、住吉雪峰は翌朝、金山城を去った。

矢羽助信が引きとめる間もなかったし、だれ知らぬうち、城を出て姿を消してしまったのである。

三

沼田平八郎が、由良国繁があたえた軍勢に、沼田の旧家来をふくめた二千余をひきい、金山城を発したのは、天正九年三月一日であった。

出陣に先立ち、平八郎は旧沼田衆の久屋《ひさや》平六、岡谷平左衛門、鶴淵左衛門入道《つるぶちさえもんにゅうどう》などを、沼田周辺へ潜行せしめた。

このあたりは、平八郎もなかなかに成長してきている。

つまり、沼田家の正統である自分が、沼田城をうばい返すために、

「ちからを貸してもらいたい」

と、領内の地侍や農民たちへよびかけたのである。

旧沼田衆たちは、沼田城を去ってからも、これらの領民たちの援助をうけ、これまで暮して来たのだし、密接な関係をたもちつづけてきている。

また、領民たちも、

「平八郎さまがおもどりになるのなら、なんとしても、御味方をいたしましょう」

と、いい出た。

領民といっても、沼田城・南方のものたちである。

すなわち、沼田平八郎は赤城山の北麓《ほくろく》、阿曾《あそ》（現在の利根郡・昭和村）の断崖《だんがい》上へ陣をかまえるつもりでいたから、これより背後の領民たちに叛《そむ》かれては、沼田城攻撃もむずかしくなると考えたからだ。

平八郎は、三月四日の夕暮れに、阿曾の要害へ全軍をひきいて陣をかまえた。

この断崖上からは、沼田城を見下すかたちとなる。

平八郎は、会津の芦名氏のもとで何度も戦場へ出ていただけに、金山城を出るや、あくまでもひそかに赤城山の間道をぬけるや、突如、疾風のごとき速度に変って阿曾へ陣構えをしたのであった。

これをきいた旧沼田衆や農民たちまでが、

「お味方つかまつる」

といい、おもいがけぬほどあつまってくれた。

兵力は三千ほどにふくれあがったのである。

沼田城の真田安房守は、

「これは、いかぬな」

眉《まゆ》をひそめた。

真田昌幸も、沼田平八郎が金山城の由良国繁のもとに身を寄せていることは、すでに承知している。

しかし、このように早く、平八郎が攻めかけて来るとは思わなかったし、平八郎が、いつ金山城を発したのか、それもつかめていなかった。

突如として、平八郎は沼田城を見下す絶好の場所に陣をかまえてしまったのである。

真田昌幸も、会津における平八郎の猛勇を耳につたえきいている。

沼田城には、約七千の兵力があって、戦えば負けぬつもりでいるが、犠牲の大きいことを、

(覚悟せねばならぬ)

と、昌幸は考えた。

そこで、

「すぐさま出陣を……」

と逸《はや》る家来たちへ、

「待て。わしに考えもあるゆえ、城の備えを堅くして、しばらくは凝《じっ》としておれ」

と、命じた。

ここで、真田昌幸についてのべておきたい。

真田家は、清和天皇の皇子・貞元親王から出ている。数代の後――昌幸の父・幸隆《ゆきたか》のころになって、信州の真田庄に居城をかまえ、以来、真田姓を名乗るようになった。

戦国の中期に、真田氏は周辺の武将や土豪たちと戦いを重ねて来た。

信州は、上杉と武田がもっとも激しく戦い合った国である。

真田昌幸は父・幸隆と共に、武田信玄の傘下《さんか》に入って、わが領有の地をまもりつづけてきた。

いま、上杉謙信・武田信玄の両雄は、この世にいない。

信玄の子の武田勝頼は、父の天下統一へかけた夢を現実のものとすることができず、織田・徳川の同盟勢力に圧迫されつつあった。

けれども、真田昌幸は依然、武田家に従っている。

沼田城も、あの事件以来、関東の北条氏が手をのばして来たり、これを上杉の残存勢力が追い退《の》けたりしていたが、真田昌幸は武田家の〔代表〕として沼田へ攻めこみ、上杉・北条の両勢力をしりぞけ、ついに、沼田城を武田勢力のもとにつかみ取ったのであった。

沼田平八郎の攻撃を受けとめようとしている真田昌幸は、三十五歳である。

平八郎は三十歳だから、五つの年長ということになるが、武将としての経歴は問題にならぬ。

少年のころから父と共に戦場に出て、小勢力の自分の家が、戦乱の世に、

「どうしたら生きのびて行けるか……」

という苦労を、骨の髄まで味わってきた真田昌幸なのである。

政略にも長《た》けているし、その兵士たちは昌幸の手足のごとくはたらき、勇敢であった。

戦闘については、じゅうぶん自信をもっている昌幸なのだが、決して慢心をしないのである。

昌幸は、無謀に平八郎へ戦いをいどむようなまねはしなかった。

昌幸は、熟考した結果、

「金子美濃守をよべ」

と、いった。

なんと、金子新左衛門はまだ沼田に生きていたのだ。

四

金子新左衛門は、七十歳になっていた。

沼田城が上杉の手にわたり、ついで武田のものとなり、真田昌幸の城となるまでの十余年間に、新左衛門は何をしていたのであろうか。

何もしてはいなかった。

いや、何もできなかった、といってよい。

かつて新左衛門が、おもうままに籠絡《ろうらく》してきた沼田万鬼斎と弥七郎父子などとはちがい、上杉や武田など大勢力の下におかれた沼田衆を、

(どう、あやつってみてもはじまらぬ)

のであった。

上杉のときも武田のときも、それぞれ〔城代〕が沼田へやって来て、旧沼田衆のいうままにはさせない。

それが不満で、沼田を去った人びとも多かった。

(わしのしたことは、早まったやも知れぬ……)

そうなってみて、つくづくと新左衛門はおもった。

こうなるのなら、むしろ、弥七郎朝憲に生きていてもらったほうがよかったのである。

それを、わが陰謀によって殺害させ、その結果、万鬼斎もゆのみも平八郎もうしなってしまった。

弥七郎を亡きものにしようとはかったのも、むすめのゆのみが生んだ平八郎を、

(なんとしても、沼田の城主にしたい)

と、おもえばこそであった。

もっとも、その金子新左衛門の胸の底には、

(そうなれば、わしが沼田の城主になる機会も起きてまいるやも知れぬ)

その野望が、ひそんでいなかったとはいえまい。

追貝の村の名主にすぎなかった自分に、

(一国一城の主《あるじ》になる)

という夢が、なかったとはいえない。

吹雪をついて川場から脱出したゆのみが死んだことを後になって知ったときも、むすめをうしなった悲しみより、

(ああ……これでもう、わしの行末もだめになってしもうた……)

その、くやしさのほうが強かった新左衛門なのである。

孫の平八郎が、会津の芦名氏のもとで暮しているときいたときも、

(孫が生きていた)

と、よろこぶよりも、

(平八郎も、芦名の家来として一生を終るのか……)

感情もなく、そうおもったまでのことだ。

新左衛門は以来、息をひそめた。

しかし、なにぶん沼田領内の民政にくわしい新左衛門であるから、上杉や武田の城代たちも、いろいろと彼の意見をきこうとする。

つかってみれば重宝にはたらいて見せる新左衛門なのだ。

こうして、新左衛門は生きのびてきた。

いまの、金子新左衛門は、真田安房守昌幸の家臣になっている。

これは、沼田に残っている万鬼斎時代の家来たちも同様であった。真田昌幸は沼田へ入城するにあたり、

「旧沼田衆は、いずれも、わしの家臣になってもらいたい。分けへだてはせぬし、ま

た、そうしてもらわなくては、ちからを合せて、この城をまもることができぬ。もしも、わしの申すことに不満があらば遠慮なく申し出てもらおう。悪《あ》しゅうははからぬつもりだ」

と、宣言をした。そのとき、

「それがし、退散つかまつる」

といい、真田の臣になりきることを承知しなかった沼田衆もすくなくなかった。

すると、昌幸は、

「よし。おもうままにいたせ」

こころよく、その人びとのねがいをきき入れ、手厚くあつかい、しかるべく金銀などを分けあたえ、

「おもい直して、沼田へもどりたいとおもうたときは、かまわぬからすぐに帰ってまいれ」

と、いったのである。

真田昌幸は、沼田の民政にも行きとどいたあつかいをした。

昌幸は、金子新左衛門の意見をきこうともせぬ。

何事も、自分の裁断で事を処していったのだが、領民たちの評判は、上杉の管理下

にあったときよりも、よいのである。

金子新左衛門は、

(今度はひとつ、この御城代に取り入ってくれよう)

と、考えた。

これまで沼田へ来たどの城代よりも、真田昌幸がたのもしく見えたからだ。

もっとも、老い果てた新左衛門にとって、昌幸に危害を加え、自分が沼田城をどうしよう、というほどの野心は消えていた。

昌幸の気に入られて、自分の老後を、できるだけゆたかに実らせたい、と願ったのである。

はじめのうち、新左衛門は愛嬌《あいきょう》笑いをうかべて、執拗《しつよう》に真田昌幸へまといついた。

だが、昌幸は新左衛門の、そうした態度を冷やかにながめているのみであった。

遠ざけもしなければ、近づけようともせぬ。

そのうちに、新左衛門のほうから昌幸へ近づこうとしなくなった。

まだ四十にならぬ真田昌幸なのだが、五十をこえた年齢にみえるほど老《ふ》けていた。

体軀《たいく》も小さいし、顔も小さい。

その小さな顔と躰《からだ》の中で、もっとも目立つのが鼻と眼であった。

ふとい鼻は、昌幸の底知れぬエネルギーをあらわしているし、らんらんたる双眸《そうぼう》のかがやきは、相手の肚《はら》の底までも見通してしまうかのようだ。

平常、この両眼は、まるでねむってでもいるかのように細く長い。眼の光を、ほとんど感じさせない。いつも眼元と口元が微《かす》かに笑っているようでもあり、声もやさしい。

だから、金子新左衛門などが安心をして、親しげに語りかけたりすると、

「ふむ、ふむ……」

うなずいてきき入りながら、時折、じろりとこちらを見る。

そうしたとき、ねむりこけていたような昌幸の細い眼が活《かっ》と大きく見ひらかれ、得体も知れぬすさまじいかがやきを発する……ように、新左衛門にはおもえてならなかったのである。

(この御城代は、怖い)

と、金子新左衛門はおもった。

(うかつに近づいては、かえってまずい)

と、直感をした。

真田昌幸の前へ出ると、昌幸が知っているはずもない新左衛門の過去を、

(みな、読みとられてしまいそうな……)

おそろしさを、おぼえるようになった。

それで新左衛門は昌幸への接近をあきらめたのであった。

ひっそりとおとなしく、暮しつづけてきたのである。

その、御城代の真田昌幸から呼び出しをうけたとき、新左衛門は、

(ははあ……これは、平八郎のことについてじゃな)

すぐに、わかった。

新左衛門も、沼田平八郎が突然、兵をひきいて阿曾の断崖上へ陣をかまえたときいたときには、おどろいた。

会津から金山の由良国繁のもとへ移って来た孫のことをきいてはいたが、新左衛門としては、そもそも、由良国繁が平八郎をたすけ、このようにおもいきった攻勢に出ようとは考えても見なかったからだ。

(平八郎のことについて、このわしに、殿はなにを申されるおつもりなのか?)

わからなかった。

このことに責任でも負わされて、

(罰をうけるのではないか?)

と、おもったりした。

嫌《いや》なこころもちであったけれども、出て行かぬこともならぬ。

金子新左衛門は、骨張った躰を屈《かが》め、恐る恐る沼田城内の昌幸の居室へ入って行った。

この部屋は、以前、沼田弥七郎夫人の居室だったのを、昌幸が好んで用いるようになっていた。

「美濃守か……」

と、真田昌幸は小机に向って何やら手紙のようなものをしたためていたが、新左衛門が次の間へ入って来た気配に、

「ちょと、そこで待っていてくれい」

と、声をかけ、筆を走らせつづけている。

新左衛門は、なんとなく、ほっとした。

昌幸の声には、怒りも憎しみもこもっていなかったからである。

間もなく、昌幸が、

「これへ」

と、いってよこした。

新左衛門は「はい」とこたえ、昌幸の前へ出て行った。

昌幸は、しわに埋もれたような新左衛門の老顔をまじまじと見つめたまま、しばらくは無言であった。

昌幸の眼は、細く長く、笑いをたたえていた。

「美濃よ」

「は……?」

「このたびのことを、すでに知っていような」

「へ、平八郎めのことにござりまするか?」

「さよう」

「阿曾へ、陣張りをいたしましたとか……」

おろおろといいかける金子新左衛門に、

「これ。おれはおぬしを責めておるのではない。安心いたせ」

と、昌幸がいった。

「は……」

「沼田平八郎は、おぬしの孫にあたるそうな」

「は、はい」

「どうだな、可愛《かわい》い孫に、この沼田城を攻め落させたいかな？」

「そ、そのようなことを……おもうて見たこともございませぬ」

「では、わしと共に、この城を守ってくれるか、どうじゃ？」

「おおせにはおよびませぬ」

「まことか？」

「まことでございまする」

「よし」

うなずいた真田昌幸の眼が、猫の喉《のど》を撫《な》でてでもいるような声で、

「沼田平八郎を討ったために、おぬしのちからが借りたいのだ」

と、金子新左衛門にささやいてきた。

第九章

一

「かならず、悪《あ》しゅうはせぬ」

と、真田昌幸がいう。

その声に、真情がこもっているようであった。

「わしは、沼田平八郎を討つつもりはない」

「なんと、おおせられます」

「討ちたくはない。おもうても見よ。平八郎を討ち取ることなど、わしにとっては、わけもないことじゃ」

「は……」

「なれど、討ちとうない。わかるかな、美濃守」

金子新左衛門には、真田昌幸の〔真意〕が、わかりかねている。

「わしが平八郎の首を打てば、この沼田の領民たちのこころも、それだけ、わしからはなれてゆくことになる。な、そうではないか。なんというても、旧主の沼田家を慕う領民が多いことじゃし、それに、おぬしのような沼田衆も、平八郎を討ったわしを、こころよくはおもわぬであろう」

新左衛門は、ようやく昌幸が何をいおうとしているかを、さとりかけてきた。

「ましてや、平八郎はおぬしの孫どのじゃ。のう、美濃守」

昌幸の声は、やさしく、あたたかかった。

その声のひびきにさそわれ、新左衛門は泪《なみだ》ぐんでいる。

自分と孫の身へ親情を見せてくれた昌幸への〔うれし涙〕か。

または、さすがの金子新左衛門も、孫・平八郎への愛情をかきたてられたものか。

その、どちらでもなかった。

いま、新左衛門がながしている泪は、単なる老いの泪にすぎない。

心身のおとろえが、わけもなく泪を生むのである。

娘のゆのみも、孫の平八郎も、すべてこれ金子新左衛門の〔栄達〕の道具として生まれたものだ。

和田十兵衛の妻となったおふいも、そうである。

栄達の道具であるがゆえに、新左衛門は、わが子やわが孫を愛したのであった。

いまの新左衛門は、

（このままでよい。このまま沼田衆の一人として、いつまでも、この城にとどまることができ安らかに暮して行ければ、もう、それでよい）

と、おもいはじめていた。

戦国の統一は、いまや、織田か毛利か……というよりも、織田信長の手に帰しかけている。

沼田城代・真田昌幸は、武田信玄亡《な》きのちも依然として、信玄の子の勝頼に忠誠をつくし、武田家・麾下《きか》の武将として上信二国の〔押え〕をしているわけだが、

（これとても、永くはつづかぬ）

と、新左衛門は見ている。

いずれにしても、

「山は見えた」

のであった。

近い将来に、天下の戦乱は治まるにちがいない。

（ああ、そのときまで……なんとしても死にとうはない）

この一事のみである。

このとき、突如として孫の平八郎があらわれ、沼田城を攻撃しようとしている。真田昌幸の家臣となった金子新左衛門としては、

(はなはだ、困ったことになった……)

のであった。

「のう、美濃よ。おぬしも孫が可愛《かわ》ゆいであろう」

と、昌幸にいわれると、

「は、はい」

新左衛門の泪は、さらに多量となり、七十の老顔をぬらした。

可愛ゆい、から泣いているのではない。泪が泪を生むだけにすぎないのだ。

泪が醸《かも》し出す情緒へ衰弱した心身が、わけもなく溺《おぼ》れこんでいるのにすぎなかった。

「美濃守。近う寄らぬか」

と、真田昌幸が人なつかしげな微笑をうかべ、手まねぎをした。

「はい」

「のう、美濃よ。わしは沼田平八郎と手をむすびたい。とくと談合をしたいのじゃ」

「そりゃ、まことで?」

「まことじゃ。もしも平八郎が武田勝頼公のために奉公をしてくれるというなら、この沼田の城をゆずりわたしてもよい」

「な、なんと、おおせられまする」

「おどろいたか」

これが、おどろかずにいられようか。

「そのため、ぜひとも平八郎殿とひざをまじえて語り合いたいのじゃ。おぬし、その使者に立ってくれぬか、どうじゃ？」

「は、はい……？」

「このことがうまくすみしだい、おぬしには、利根川の西方、千貫文に価《あたい》する土地をつかわそう」

「まことでござりますか」

「なんで、嘘《うそ》を申そうか」

金子新左衛門の痩《や》せこけた老体が、火のついたようになった。

（まだ、わしは、この世から見捨てられてはいなかった……）

このことである。

物倦《ものう》い晩春の夜であった。

なまあたたかい奥庭の闇《やみ》のどこかで、山桜桃《ゆすら》の花の香りがただよっている。

「どうじゃ。使者に立ってくれるかな?」

「承知つかまつりまいた」

新左衛門の眼に、生き生きとした光りが加わってきた。

「よし。では起請《きしょう》をいたそう」

こういって真田昌幸は筆をとり、武田勝頼の朱印のある起請文もしたためてくれた。

これは、古府中（甲府）にいる武田勝頼へ、昼夜兼行の早馬の使者を送り、その許可をも得ていたことになる。

起請文を抱きしめ、金子新左衛門は、勇躍し、わが屋敷へ帰って行った。

(これが、わしにとっては最後の機会じゃ)

寝所へ入り、横になっても、よくねむれなかった。

新左衛門は新左衛門なりに、いろいろと策をめぐらしはじめたのである。

これは、真田昌幸にも洩《も》らさぬ〔秘密の策〕なのだ。

考えにふければふけるほど、新左衛門の血はさわぎ、胸はおどった。

そのころから……。

沼田城・大手門前の道の両側に、深い横穴を掘る工事がすすめられはじめた。

つまり、一種の塹壕《ざんごう》のようなものである。

こうした塹壕が十数ヵ所も掘られ、その上に板をわたし土を盛り、雑草が置かれた。

すると、大手の城門前の風景は、元通りのものとなった。

夜ふけの、この作業は明け方までに終った。

城兵たちも、なんで、このような穴を掘らねばならぬのか、すこしもわけがわからなかった。

二

その翌朝。

沼田平八郎は突然、滝棚原へ兵をすすめ、ここを守っていた真田方の将・海野《うんの》能登《のとの》守《かみ》の部隊をさんざんに打ち破った。

この戦闘は、金子新左衛門が平八郎のもとへ使者におもむこうとして、真田昌幸と城内で打ち合せをはじめたときに起った。

沼田平八郎の攻撃は、猛烈果敢をきわめたもので、

「あっという間に……」

海野部隊は蹴散《けち》らされ、追いのけられ、たちまちに退却してしまった。

報告をうけた真田昌幸が、

「なに、能登守が……」

信じられぬような顔つきになった。

海野能登守といえば、真田の家臣の中でもそれと知られた豪勇の武将である。それが、このように簡単な呆気《あっけ》ない敗北をこうむろうとは、昌幸のみか、他の真田の将兵が、おもっても見ぬことであった。

平八郎は、海野部隊を突きくずし、さらに、藤田、塚本などの真田諸部隊の反撃を颯爽《さっそう》と突き退《の》け、追いはらって、沼田城の南から北へ大きく移動し、沼田城を眼下に見下す戸神《とがみ》・高尾の両山へ陣を構えてしまったのである。

「こ、これは、いかぬ」

と、さすがの真田昌幸が、金子新左衛門のいる前で狼狽《ろうばい》の態《てい》となり、

「平八郎は、ききしにまさる大将じゃ」

感嘆し、茫然自失《ぼうぜんじしつ》のありさまとなった。

すぐに、軍議がひらかれた。

そして、

「この上、無駄な血をながしても仕方がない。沼田城は、いさぎよく平八郎へ引きわたし、われらは信濃へもどろう」

と、昌幸が決断を下した。

これに反対をとなえる諸将は多かった。

しかし昌幸は、

「織田・徳川の両軍が甲斐へ攻めこむ日も近いと、わしは見ている。われらが主と仰ぐ武田家の危急は眼前にせまっているではないか。いまこのとき、上州の地にこだわって、いたずらに血をながしてはならぬ。それよりも、われらの本拠である信濃をしっかりと固め、甲斐の国とのつながりを円滑にしておくことが大切じゃ」

断固として、これをはねつけてしまった。

沼田平八郎に沼田城を引きわたすかわりに、沼田周辺の……たとえば真田の宿将・鈴木主水が城主となっている〔名《な》胡桃《くるみ》城〕などは、これまで通りに真田昌幸のものとする。そして穏便に真田軍が沼田を出て行くまで、平八郎は全軍を動かさぬこと……など、停戦のための条件を沼田平八郎に承知させなくてはならない。

「これはやはり、なんとしても金子美濃守に、使者の役目をたのまねばならぬ」

切実な声でいい、真田昌幸が金子新左衛門をかえり見た。

新左衛門は、得意満面であった。

翌朝となって……。

金子新左衛門が二名の家来をしたがえ、戸神山に本陣を移した沼田平八郎のもとへあらわれた。

真田昌幸の〔使者〕としてである。

十二年ぶりに、この祖父と孫は再会をしたことになる。

平八郎は、

「まだ、沼田におられましたのか」

おどろいて、いった。

「久しぶりじゃのう、平八郎」

「沼田におわすとは、いささかも……」

「あのようなことになってしもうては、いまさら、わしが身を寄せるところとてないわい。そなたを迎える日を夢見て、これまで、必死に口を嚙《か》みしめ老体に鞭打《むちう》ち、苦難に堪えてきたのじゃ」

またしても、泪である。

平八郎は感動した。

父の万鬼斎、母のゆのみと同様に、新左衛門が平八郎にあたえておいた印象は善いものばかりなのである。

「よう、御無事でいて下された。明日は、沼田の城へ攻めかけますぞ」

「待て、平八郎」

「なんと？」

「わしは、沼田城代・真田昌幸の使者として、ここへまいったのじゃ」

「ふうむ……」

「人ばらいをしてもらいたい」

「心得申した」

陣所の中で、二人きりとなって、

「さて、平八郎。昨日の戦さぶりにはおどろいたぞよ。うれしかったぞよ。ようも、立派な、強い大将になってくれたのう」

と、金子新左衛門が眼をかがやかせ、

「あの剛勇無双の真田昌幸公が、昨日のそなたの戦さぶりを見て、もはやこれまでじゃ、と申され、わしを使いにさしむけたのじゃ」

「もはやこれまで、とは？」

「いや、昌幸公はな。はじめからそなたを憎んではおらぬ。武田方にくみするなら、わしのかわりに沼田の城をまかせてもよい、と、かように申されていたのじゃ」

「さて、それはいかがなものでしょうか」

平八郎は苦笑をし、

「私は、由良国繁殿の助けによって、沼田攻めがかないました。由良殿にそむくことはなりませぬし、由良殿は織田信長公によしみを通じておられる。と、なれば……私が武田に味方をすることは……」

「さ、そのことじゃよ、平八郎」

「は……??」

「昨日の戦さで、昌幸公は、この上、そなたと戦うことがむだじゃとさとられた。この上、血をながしとうないと申される」

「まさか……」

「まことじゃ。知ってのとおり、いま真田家が主《あるじ》とたのむ武田勝頼公は、織田・徳川の両軍に押しこめられ、手も足も出ぬありさまじゃ」

「なればこそ、武田方に味方したとて、どうにもならぬのです」

「さようさ。ところが真田昌幸公は古くからの因縁もあって、どうにも武田家からは

なれることができぬ。真田が今日あるは、ひとえに、信玄公以来の武田家の庇護《ひご》あってのことゆえ、な」

「なるほど」

「なればこそ、いまこのとき、沼田のみれんを放し、そなたと戦ってむだな血をながすより、一時も早く本国の信濃へもどり、武田家の助けにならねばならぬ、と、かように昌幸公は決心をされた」

「ふうむ……？」

「昌幸公は、沼田を、そなたに引きわたしてもよいといわれる」

「まさかに……真田昌幸の謀略《はかりごと》にのせられてはなりませぬぞ」

「わかっておるわえ」

と、新左衛門は自信にみちて、

「むろん、そのためには、そなたにもきいてもらわねばならぬことがあるのじゃ」

それから金子新左衛門は、すでにのべておいた真田昌幸からの条件をもち出した。

これをきいて、沼田平八郎も、

（あり得ることだ）

と、おもいはじめたようだ。

何よりも、名胡桃城をはじめ、いくつかの城や砦《とりで》を真田家のものとして、沼田領内に残しておくことが条件として、昌幸からもち出されたことに、平八郎は〔信憑性《しんぴょう》〕を強く感じた。

また、天下の趨勢《すうせい》を見て、真田昌幸が武田家と共に緊密な軍容をととのえる必要を感じていることも、

(うなずけること)

だったのである。

いまや武田勝頼は、亡父・信玄が天下統一の大事業を成しとげるため、東海地方一帯に展開した拠点を徳川家康にうばい返され、本国・甲斐と信濃の二国へ押しこめられたかたちになってしまった。

沼田城どころではない。

織田・徳川の大軍が甲斐の国へ雪崩《なだれ》のように攻めこんで来れば、真田昌幸も兵をひきいて甲斐へ駈《か》けつけねばならないのだ。

沼田平八郎は、長い間、沈思をした。

この間、金子新左衛門は平八郎を懸命に説きつづけた。

「いずれにせよ、そなたが城へ入ってしまえば、真田方の小さな城や砦が残っていた

ところで、かまわぬではないか。そのようなものは、そなたのちからで、つぎつぎに攻め落してしまえばよいのじゃ」

と、新左衛門はいった。

新左衛門は一種の人質として、真田昌幸にしたがい、信濃へ行くことになっている。

これも一つの条件となっていた。

「なに、わしは必ず、沼田へ逃げもどってくる。それは大丈夫じゃ」

新左衛門には自信があった。平八郎さえ沼田城に入ってしまえば、

(いくらも、打つ手はある)

のである。

やがて……。

沼田平八郎は、真田昌幸に対して、いくつかの条件を出した。

沼田城の引きわたしについて、真田昌幸に、

「城外の、町田の観音堂《かんのんどう》まで、昌幸公みずからが出て来てもらいたい」

というものだ。

しかも、武装を解いてである。

昌幸に従うものは五十騎。これも平服のままで、と、平八郎はきびしい条件を出し

た。

　金子新左衛門は、

「それは、あまりにもきびしすぎるではないか」

　と、いった。

　しかし平八郎は、この条件を昌幸がのんでくれぬかぎり、話し合いに応じることは、

「でき申さぬ」

　きっぱりといいきった。

　新左衛門は、やむなく帰城し、これを昌幸につたえると、

「平八郎殿は、わしをうたぐっているらしい。それでは、わしが平八郎殿に降参するかたちになってしまうではないか。わしは負けたから城をわたすというのではない。平八郎殿にゆずろうというのじゃ。これは、いま一度、美濃守に行ってもらおう。わしの体面を汚《けが》さぬよう、うまく談合してまいれ」

　新左衛門はもっともだとおもい、すぐに平八郎の本陣へ引き返したが、平八郎は承知をしなかった。

「今日のうちに返事がないときは、明朝、沼田へ攻めかけると、昌幸公におつたえ下され」

凛然《りんぜん》としていう。

昨日の勝利が、沼田平八郎の闘志を駆りたてている。

「真田昌幸、何するものぞ!!」

であった。

昌幸の返事をもって、金子新左衛門が本陣へあらわれたのは、夜に入ってからであった。

「昌幸公は、仕方もなく、そなたのいうままにすると申されたぞ」

と、新左衛門が叫ぶようにいった。

三

天正九年三月十五日に、真田昌幸と沼田平八郎の会見がおこなわれた。

当時の三月十五日は、現代《いま》の四月十八日にあたる。

この日は朝から、空が厚い雲の層におおわれ、風はないのだが大気は冷え冷えとして、

「また、冬にもどった」

と、沼田の人びとは事もなげにいった。

沼田では、五月になっても、時として躰《からだ》をあたためる火がいる。あたたかい春の日射《ひざ》しにうっとりとしていると、突然、冬のような寒気にかわり、ようやく春の季節が定まったかとおもうと、たちまちに夏がおとずれてくるのであった。

平八郎は、辰《たつ》ノ刻《こく》(午前八時)に戸神山の本陣を出た。武装の将兵五百が平八郎を護衛している。戸神山から沼田城までは、さしわたしにして一里の近距離であったし、この間、目をさえぎるものはほとんどない。

山々にかこまれた小さな盆地に薄根川《うすね》がうねってながれ、その向うの台地に沼田城が見える。今朝になって見ると、沼田城にひるがえっていた多くの戦旗が消えていた。

これは真田昌幸に戦闘の意志が全くないことをあらわしていると見てよい。

灰色の重苦しい雲の層におおわれ、沼田城の彼方《かなた》に大きくひろがる赤城山の全容をのぞむことはできなかった。

この朝の暗いうちに、平八郎は十数騎の物見を出し、沼田城のうごきをさぐらせていた。

物見の兵が、つぎつぎに知らせて来る情報によれば、沼田城兵は平静そのものだと

いう。

平八郎は山を下り、戸神の社《やしろ》がある台上に立って、沼田城をながめた。

ここにいれば、城を出た真田昌幸一行の全貌《ぜんぼう》を、はっきりと見とどけることができる。

会見の約束は、今日の巳《み》ノ刻《こく》（午前十時）にきめられていた。

会見の場所の観音堂というのは、沼田から薄根川をわたった町田の村外れにある小さな堂で、こんもりとした木立につつまれている。

その木立が、平八郎の眼にも見えた。

やがて、二騎の物見が馬を駆ってあらわれた。

真田昌幸が、平八郎との約定どおり、平服の家臣五十を従えたのみで、沼田城を出たのを、

「たしかに、見とどけまいた」

と、物見たちは平八郎に告げた。

「間ちがいはないな？」

「この眼で、しかと……」

「よし。尚《なお》も見張りの眼をゆるめるな」

「はっ」

物見たちは馬に飛び乗り、沼田の方へ駈け去った。

「殿。真田は、まさに和睦《わぼく》をのぞんでおりまするな」

と、傍にひかえていた岡谷平左衛門がいった。

「ふむ……」

まだ、平八郎には、信じきれないところが残っていないでもない。

（このように、万事がうまくはこぶものだろうか。この十余年、何度もあきらめかけていた沼田の城が、このまま戦わずして、おれのものになろうとは……）

とにかく平八郎も約定の場所へ出て行かねばならない。こちらは武装の五百余騎。相手は平服の五十騎なのである。危険はすこしもない。十余名の物見たちは、こちらへ近づいて来る真田昌幸一行の前後をさぐりながら、これも近づいているはずだ。

もしも、異変あるときは、まっ先に物見たちが駈けつけて来る。

平八郎が手勢をひきい、町田の村へ入ったとき、

「見えましたぞ」

と、先頭から久屋平六が馬を寄せて来た。

「物見の者の申したとおりにござる」

うなずいた平八郎が鞭を高々とあげて合図をするや、五百の手勢のうち三百騎が左右に展開し、残る二百騎が平八郎をまもってすすむ。

真田昌幸は、観音堂の木立をまわり、平八郎の前面にあらわれた。

平服の家来五十を従えたのみで、昌幸は、はじめて見る沼田平八郎へ手をあげ、

「よう、まいられた」

と、声をかけてきたのである。

(これが、戦さの鬼とよばれた真田安房守か……)

平八郎は、意外におもった。

小柄な男である。まだ四十前ときいていたが、五十にも見えるほど老《ふ》けていて、にこにことこちらへ笑いかけている人の善さそうな真田昌幸の風貌が、平八郎の警戒を解いた。

先日の戦場で見せてやった、すさまじい自分の闘志に、

(安房守は、気おくれしたようだ)

と、平八郎は感じた。

二人は、木立の前の草原で馬を下りた。

双方の家来が床几《しょうぎ》をはこび、二人が腰をおろした。

昌幸の背後には、五十名の家来がおとなしくひかえている。

平八郎の背後には武装の二百騎。さらに、その両翼を合せて三百騎が警護していた。

どう見ても、これは平八郎の優位をものがたっている。

「いやはや、恐れ入った」

と、昌幸から口をきった。

「そこもとが、よもこれほどにお強いとは、安房守おもいもおよばぬことでござった」

こころから、賞讃《しょうさん》を惜しまない昌幸なのだ。

二人は、停戦のための談合に入った。

沼田平八郎は、真田昌幸の申し出た条件のほとんどを承知した。

「かたじけない。これにて、わしの面目も立ち、こころおきなく信濃へ帰ることができる」

昌幸は、さもうれしげに一礼し、ほがらかに笑って、

「さ、沼田城へ……」

と、いざなった。

平八郎は、このまま沼田へ入城するつもりでいたのではない。日をあらため、全軍

をひきいて乗りこむつもりでいたのだが、このときの真田昌幸の態度は水のながれのごとく自然であり、そうするのが当然というような、こだわらぬものであった。

「では……」

と、沼田平八郎は、昌幸と共に馬へまたがり、

（真田安房守、よい大将だ）

と、いさぎよい昌幸の仕様に感動をおぼえた。

四

薄根川をわたると、

「おなつかしゅうござる」

「今日という日を、どのように待っておりましたことか……」

「殿。中山右衛門尉《うえもんのじょう》にござる」

四十名ほどの、平服の武士たちが平八郎を待ちうけていて、いっせいに駈け寄って来た。

平八郎にも見おぼえのある顔が多かった。

いずれも旧沼田衆で、金子新左衛門と共に、これまで上杉・武田の支配をうけ、臣従しながら沼田城にとどまっていた者たちばかりであった。

平八郎の胸に、熱いものがこみあげて来た。

彼らは、平八郎の入城を知って、真田昌幸のゆるしをうけ、ここまで出迎えにあらわれたのだという。

「殿。御供つかまつる」

と、平八郎の馬の轡《くつわ》を取った五十前後の武士は、山名弥惣《やそう》といって、たびたび、川場の隠居所へも使者にあらわれた男である。

「弥惣か。久しいな」

平八郎は、満面を笑みくずしていた。

「はっ、弥惣、今日の日を、歯を喰いしばって待ちかねておりまいた」

大きく、うなずき返す平八郎の眼がうるんできた。

「うむ、うむ」

山名弥惣も左手を眼にあて、肩をふるわせている。

真田昌幸は、このありさまを見て、やさしげな微笑をうかべ、

「弥惣。よかったのう」

と、声をかけてきた。

一行は、薄根川の岸辺の道を西へすすみ、沼田台上の西側から城へ向ってのぼりはじめた。

風が出て来た。

厚い密雲の層が、すこしずつ、うごきはじめている。

しかし、陽の光りは雲間からのぞこうともせず、身ぶるいするほどの寒気が強まるばかりなのだ。

とても、晩春の陽気とはおもわれなかった。

平八郎の兵・二百が先駆して、沼田城・西門前に達し、警戒の姿勢をとった。

その後から、真田昌幸が五十騎をしたがえてすすみ、次に沼田平八郎が旧沼田衆にかこまれ、意気揚々とあらわれた。

三百の兵は、平八郎の背後に従っている。

昌幸が西門前に達すると、城門が左右に開かれた。

この城門は〔大手門〕である。

開かれた門の向うに、昌幸の家臣たちが礼装で、平八郎を出迎えているのが見えた。

「さ、まいられよ」

と、昌幸が平八郎をかえり見ていい、城門内へ馬を乗り入れた。

馬の轡をつかんだ山名弥惣が、

「殿。おなつかしゅうござりましょう」

いうや、走るようにして馬をすすめた。

鞍上《あんじょう》にあって沼田平八郎は、強い酒にでも酔ったような、

（まるで、夢のような……）

心地がしている。

城門、石垣、櫓《やぐら》……忘れようとしても忘れきれなかった〔おれの城〕なのである。

風の音が、うなりをたててきこえた。

このとき、突如として霰《あられ》が空から叩《たた》きつけてきた。

まさに、異常な天候であった。

城門や櫓の屋根を叩く霰の音に包みこまれつつ、馬上の平八郎が城門を入り、つづいて、待機していた二百の兵が入りかけた。

人間界の〔異変〕は、実に、このときに起った。

正面の水の手曲輪《ぐるわ》の石垣の上に、真田の鉄砲隊が姿をあらわし、いっせいに平八郎たちを射撃したのである。

絶叫と悲鳴が起り、平八郎について城門を入った二十名ほどの兵が、たちまちに撃ち殪《たお》された。

いつ、どこからあらわれたものか……。

おびただしい武装の真田兵が、城門を内側から閉じにかかった。

「何事だ!!」

「はかったな」

つづいて城門から入りかけた二百の沼田勢へ、

「うわあ……」

喚声《かんせい》をあげて、真田兵が道の両側の掘穴の中から姿をあらわし、矢を射かけた。数日前の夜ふけに、

(なんのために、掘るのか?)

と、真田の兵たちにもわからなかった十数ヵ所の横穴に、武装の兵が弓矢をつかんでひそみ隠れていたのである。

かくし蓋《ぶた》と草と土をはねのけ、忽然《こつぜん》と出現した真田兵が、息もつかせずに矢を射かける。

霰の音も、物凄《ものすご》い弓鳴りの響《とよ》みに打ち消されてしまった。

「ひ、卑怯《ひきょう》……」

「殿、殿……」

「殿を早く……」

わめき叫ぶ沼田勢は、城門前の道で名状しがたい混乱におち入った。

矢に射られた馬が、悲鳴を発して転倒する。

馬から落ちた沼田の武士が、土ほこりの中で、これまた矢を受けてころげまわった。

夢魔のような一瞬であった。

沼田平八郎は、どうしたろうか。

この急変に、平八郎は転瞬、茫然《ぼうぜん》となった。

（はかられた。しまった……）

という感じも、むしろ無かったといえよう。

気を取り直す間もなく、平八郎の乗馬は鉄砲の弾丸《たま》をうけていななき、横ざまに倒れた。

地上へ投げ出された沼田平八郎へ、それまで馬の轡をつかんでいた山名弥惣が脇差《わきざし》を引きぬき、

「御覚悟！」

と叫び、おおいかぶさるようにして、脇差を突きこんだ。

弥惣の脇差に、喉《のど》を深ぶかと突き通された平八郎は、

「う……ううっ……」

うめき声を発し、それでも死力をふりしぼって、弥惣を突き退けた。

弥惣が、毬《まり》でも投げたように、はね飛んだ。

突き立った沼田平八郎の顔が血みどろとなり、眼も鼻もわからぬ。

唸《うな》り声《ごえ》を発した平八郎が太刀を引きぬき、一歩をふみ出したとき、鉄砲隊にかわって石垣へあらわれた兵士たちが、今度は矢を射かけた。平八郎の顔面に、二つの矢が突き立った。

平八郎は戸板でも倒したように、前のめりに伏し、それきり二度とうごかなかった。

城門は、完全に閉じられ、門櫓《もんやぐら》へ駈けあらわれた別手の鉄砲隊が、城門外の沼田勢を射撃しはじめた。

平八郎の兵たちは、

（おもしろいように……）

撃たれ、射られて倒れる。

後尾についていた三百騎が、この異変を知って城門へ駈け寄ろうとしたが、なにし

ろ、味方の兵と馬が道いっぱいにひしめき合い、倒れ、渦を巻くような混乱状態になってしまったので、

「早く、殿を……」

いかに叫んだところで、城門へ近寄れないのだ。

そこへ……。

三の丸の門を押しひらき、武装の真田勢六百余騎が、猛然として沼田勢の横合いから突撃して来た。

これでは、どうしようもない。

辛うじて、沼田勢は二百余騎をあつめ、一散に退却を開始したのである。

真田昌幸は、沼田平八郎の最期《さいご》を見とどけるや、さっさと城の奥へ引きあげてしまった。

昌幸の表情には、なんの変化も見られなかった。

このようなことは、昌幸にとって何度も経験のあることだ。

武装の五百余騎を引きつれた沼田平八郎の前へ、約定どおり、手伏の五十騎を従えたのみで悠然とあらわれた真田昌幸の〔勇気〕が、この謀略を成功にみちびいたことになろう。

このときの昌幸は、わがいのちをわが謀略に賭《か》けていたやも知れぬ。金子新左衛門ですら、このことを、そのときまで知らなかった。

新左衛門は、大手門が開かれたとき、他の家臣たちと共に、平八郎を出迎えていたのである。

しかし、すべてがのみこめたとき、金子新左衛門は、よろめきよろめき、孫・平八郎の死体へ歩み寄り、ふるえる手に脇差をぬき、孫の躰へ一太刀つけた。

真田昌幸への忠誠をあらわしたつもりなのだろうが、これを見まもる真田の家臣たちの眼ざしは、侮蔑《ぶべつ》以外の何ものでもなかった。

真田安房守昌幸の謀略を、あらかじめ知っていたものは、重臣の中でも十人といなかったようだ。

そのうちの一人に、海野能登守がいる。旧沼田衆の山名弥惣も、その一人であった。

能登守は、かねて昌幸から、

「平八郎が攻めかけて来たときは、おもいきって負けるように」

との密命をうけていた。

あのとき、平八郎の攻撃がなかったら、昌幸は金子新左衛門を通じての交渉と、海野能登守からの反撃をくりかえしつつ、しだいに、自軍を劣勢にみちびき、結局は、

このような結末に平八郎をおとしこむつもりであったのだ。

沼田平八郎の歿年《ぼつねん》は、三十歳。

真田昌幸は、僧・行芝《ぎょうし》の請《こ》いをいれ、平八郎の死体を引きわたした。

行芝は、その遺体を、むかしむかし沼田氏の居城があった小沢城・本丸址《ほんまるあと》へほうむり、ここに一庵《いちあん》をむすび、平八郎の法名である〔法喜庵〕をもって寺号とした。

ところで……。

沼田平八郎が殺害された翌年に、武田勝頼は織田・徳川の大軍に討滅された。

その同じ年に織田信長は、明智光秀の謀叛《むほん》をうけて京都・本能寺に害せられ、以後は、豊臣秀吉が信長の遺志を引きつぎ〔天下統一〕を成しとげることになる。

武田家がほろぼされたとき、真田昌幸は武田勝頼を信州へ迎えるため、帰国していたので生き残ることを得た。

昌幸は、この後、豊臣秀吉に臣従し、信州・上田に本城をかまえた。そして、秀吉から徳川家康へ〔天下の権〕は受けつがれて行く。

もはや沼田城は、何の戦略的意味をもたなくなった。

武将の熱い血そのものであった〔城〕は、以来、むなしい権力の象徴と化していったのである。

　さて、金子新左衛門は、千貫文の土地をほうびにもらえるどころか、真田昌幸に追放され、逃げるように沼田を去って、吾妻《あがつま》の山中に住む縁者・一場《いちば》太郎左衛門《たろうざえもん》をたより、そこで間もなく病死したそうな。

和田十兵衛……いや絵師・住吉雪峰の、その後の消息については、筆者も知らない。

解説

木村行伸

令和五年（二〇二三）一月は池波正太郎の生誕一〇〇年にあたり、彼がこよなく愛した出生の地、東京・台東区では一年を通して街を挙げての記念事業が実施されるという。また、NHK BSプレミアムでは令和四年末に男装の美少女剣士の活躍を描いた『まんぞく まんぞく』を石橋静河主演で初映像化。また五年には、時代劇専門チャンネルが『仕掛人・藤枝梅安（二部作）』を豊川悦司主演で、『鬼平犯科帳』を松本幸四郎主演で映画化することが決定している。年月を経てもなお、多くの人々を魅了し続ける池波正太郎の作品。その普遍的な人気の理由を、今回は本書『まぼろしの城』を読み進めながら考えてみよう。

はじめに作者の略歴を紹介しておくと、池波正太郎は大正十二年（一九二三）一月二十五日に東京・浅草に生まれた。小学校卒業後は株式仲買店に勤め、その後、軍に入隊。戦後は下谷区役所等に勤務しながら新聞社の懸賞戯曲に応募し二年続けて入選。

この頃に、敬愛する小説家・劇作家の長谷川伸に師事し、創作のみならず人として大切なことを数多く学んだという。劇作家として新国劇の脚本・演出を担当しつつ小説の執筆にも取り組み、昭和三十五年（一九六〇）に江戸幕府の重臣と真田《さなだ》信之《のぶゆき》（信幸）との諜報戦《ちょうほうせん》を題材にした短編「錯乱」で第四十三回直木賞を受賞した。以後、江戸を主な舞台にした人情と活劇の人間ドラマや、戦国時代の武将と忍者の活躍を描いた史劇、幕末の男たちの熱き人生を追った時代ロマンなど幅広く物語を書き綴《つづ》った。本書『まぼろしの城』は、昭和四十六年（一九七一）に「新評」（評論新社）三月号から十一月号まで連載された池波正太郎、四十八歳の頃の作品である。この前後に作者の代表作となる〈鬼平犯科帳〉、〈仕掛人・藤枝梅安〉、〈剣客商売〉の三大シリーズの連載が始まり、また昭和四十九年からは大長編『真田太平記』の連載が開始され、まさに気力体力ともに充実した作家的胎動期の小説と言っても間違いないだろう。

物語は、天文二十年（一五五一）にはじまる。世は十三代将軍・足利義輝《あしかがよしてる》の時代。室町幕府は、武家社会に対する統率力を大方喪失していた。およそ八十年前の足利将軍家ならびに管領《かんれい》の畠山《はたけやま》、斯波《しば》両家の跡継ぎを巡る問題が、有力守護大名の細川勝元、山名持豊《もちとよ》（宗全）の二大勢力の権力争いと混じりあい、ついには天下を二分する応仁《おうにん》の乱（一四六七〜一四七七）へと発展した。この大乱により、世界は秩序を失い、将軍

家と幕府は武士に対する権威を失ったのだ。乱の後、武家政権に代わって台頭したのが力のある武将や大名たちだった。全国で群雄が割拠することとなり、関東・中部地方では、甲斐《かい》の武田、駿河《するが》の今川、越後《えちご》の長尾、関東の北条などが互いに覇を競い合う、戦国乱世の状態に突入していた。そんな情勢が定まらぬ世にあって、上野《こうずけ》の国（群馬県）の沼田《ぬまた》の領主・沼田万鬼斎《ばんきさい》顕泰《あきやす》は、自ら戦乱の中に打って出る野望を胸に滾《たぎ》らせていたのである。彼の領地沼田は、関東と信濃《しなの》・越後を結ぶ要衝の地にあり、万鬼斎はこの重要地点の高台に蔵内《くらうち》城（後の沼田城）を築き、来《きた》るべき合戦《かっせん》に備えていたのだ。作中の沼田万鬼斎は、年齢は五十に近いものの六尺余の立派な体格で、目鼻立ちも整い、まるで金剛神のような偉容を誇っていた。その精気漲《みなぎ》る万鬼斎に己の立身出世の望みを託したのが、上野の国・追貝《おっかい》村の名主で地侍《じざむらい》の金子《かねこ》新左衛門《しんざえもん》であった。彼は十八歳になる娘のゆのみを万鬼斎に差し出し、城勤めの地位を獲得する。以降、新左衛門は手下を使って情報収集や工作活動を行い、実績を挙げて着実に万鬼斎の懐《ふところ》深くに入り込む。また万鬼斎の側室となったゆのみは、主とのあいだに男子・平八郎をもうけ、沼田家の家督相続を狙うのだった。が、永禄十年（一五六七）、沼田家の家督は正室・於牧《おまき》の方の三男・弥七郎《やしちろう》が継ぐことになる。弥七郎が最も信頼を寄せる智将《ちしょう》・和田《わだ》十兵衛《じゅうべえ》は、これで相続を巡る弥七郎、平八郎兄弟の内紛が避けられた

と胸をなで下ろすのだが、実は金子家の野望は着々と進行していたのだ。その後、沼田一族の運命は、金子父娘《おやこ》の奸計《かんけい》による和田十兵衛の沼田からの逃亡に、凄絶《せいぜつ》な骨肉の争いと悲劇が立て続けに起きることになる。

余談だが、こうした沼田万鬼斎の一族は、どうやら実在の人物らしい。江戸期に真田家に仕えた加沢平次左衛門が遺《のこ》した歴史の記録「加沢覚書（のちに加沢記）」の中には、真田昌幸《まさゆき》の沼田入り以前の土地の支配者・万鬼斎についても記されており、このことは沼田市の公式HPなどでも確認することができる。

そんな沼田一族に関心を寄せた作者は、本作執筆の前に沼田万鬼斎と金子新左衛門の破滅をテーマにした短編「奸臣」（「歴史読本」昭和三十七年七月号）と「幻影の城」（「小説新潮」昭和三十九年一月号）を発表している。この二編と本長編を読み比べると、おぼろげながら作者が『まぼろしの城』で何をテーマにしていたのかが推し量れるように思われるのである。まずは、本編の連載前に池波正太郎が「新評」で綴った、作者の言葉に注目したい。そこには、〈戦国時代の、一つの〈城〉と、その城にまつわる歴史と武士たちの物語りを書くことになった。／今度は、一人の主人公のみへ焦点をあてるのではなく、戦乱の世に生きていた男女の群像を描いて見たいと考えている。〉と記されていたのだ。この〈戦乱の世に生きていた男女の群像〉という言葉が、

物語を理解する一つのキーワードになるのではないだろうか。本作は、特定のヒーローの物語というよりは、多彩な人々の有為転変の面白さに引き込まれる小説である。戦国の世に乗り出す沼田万鬼斎の圧倒的な存在感と、その万鬼斎にすべてを奪われたように見えて、胸に野心を秘めた娘ゆのみ。娘を万鬼斎に差し出す利己的な地侍・金子新左衛門。父・万鬼斎を尊敬し臣下を大切にする若き後継者、弥七郎。心から兄を支えようと考えるゆのみの息子・平八郎。いち早くお家の事情を察して行動を起こす忠臣・和田十兵衛。大事件発生時にも冷静沈着に対応する弥七郎の妻、御曲輪《くるわ》の御前。こうした戦国の生存競争に臨む生命力にあふれた人々が、それぞれに試練と向き合っていくことになる。

そして、ここでとくに注目したいのは、沼田弥七郎の家臣・和田十兵衛なのである。十兵衛は、先の短編「奸臣」ではほとんど活躍していないが、「幻影の城」では沼田城からの逃走後、絵師として再登場している。そして『まぼろしの城』では、実に印象深いセリフを終盤で語っているのだ。金子新左衛門とゆのみが起こした騒動により、和田十兵衛と沼田平八郎は相次いで沼田を追い出される。平八郎は隣国の芦名《あしな》家、次いで由良《ゆら》家に身を寄せ、十一年後に由良の金山《かなやま》城で旧知の和田十兵衛、その時は旅絵師の住吉雪峰《すみよしせっぽう》と再会する。そこで平八郎は、十兵衛に自分と共に沼田城を奪還しよう

と誘うのだが、十兵衛は次のように返答するのだ。〈武士は城を取り、城を守るのがいのちでござります〉〈いまの世の戦さは、だまし合い、裏切り合い、主従もなく親子もなく、血なまぐさいばかりのものとなり果てました〉〈なれど、私の城は決して私を裏切りませぬ。私の城は私の絵……私のこの手が描く絵でござれば……〉と。万鬼斎や十兵衛が現役だった頃は、武士は主人と家来との間に親愛と信頼があり、その絆《きずな》が何よりも重要視されていた。しかし今ではその気風は廃《すた》れ、戦は下剋上《げこくじょう》が当り前の凄惨で非情なものへと変化している。十兵衛はその時代の変容を理解したゆえに、武士として生きる気持ちが完全に失せていたのだ。一方、世の動向に疎《うと》い平八郎は、この変化を理解できていない。この両者の対比が、静かな語り合いのなかに表現されているのである。極言すれば、まさにこの瞬間、万鬼斎一族の未来は永遠に閉ざされたのである。さらに付言すると、後に沼田家の人々を討ち滅ぼす武田家配下の真田昌幸の登場は、より苛烈《かれつ》な戦国時代の到来を象徴的に表現したものと解釈できるだろう。終幕における真田昌幸の平八郎への非情の策については、現代人から見ると賛否両論あるだろう。しかし、この策謀によって冷酷な時代が近づきつつあることを昌幸が身をもって読者に伝えているのだ。そしてこの演出があるからこそ、だまし合いの世界から離脱した和田十兵衛の思想や、彼と同行するおふいの潔《いさぎよ》さ、あるいは弥七郎夫人

の立ち居振る舞いに、群像劇ならではの救いが描かれていると感じられるのである。

様々な人々の歴史群像劇。その観点から『まぼろしの城』を精読すると、この物語が、かの英国の劇作家シェイクスピアの物語に通ずる点があるようにも思われるのである。和田十兵衛が、沼田万鬼斎の刺客《しかく》が待ち伏せする、川場の館《やかた》へと向かう途中の場面。この十兵衛の人生の分岐点の情景には〈風が強く、冷めたい〉〈うなり声をたてて吹きおろしてくる風をうけた山林の落葉が、雨のように散り降ってくる中で、十兵衛は馬上にうごかぬ〉という描写がある。このくだりの後に、十兵衛は万鬼斎のもとを訪れることなく、愛する女性とともに沼田から離れるのだ。そして、風の文言と共に主従の制約から解き放たれ自由の身となる場面は、シェイクスピアの戯曲にもたびたび登場しているのである。たとえば、鋭い人間観察と幻想的要素を絡《から》ませた上で、人の復讐《ふくしゅう》の念と赦《ゆる》しをドラマチックに表現した巨匠の最後の作品『あらし（テンペスト）』だ。この作品で権力者の兄弟の争いに使役される妖精《ようせい》エーリアルは風のような自由に憧《あこが》れ、それを求めて主のために働き、最後はミラノ公から自由の権利を保障されている。シェイクスピアの劇には登場人物の運命の転変と、人間心理の深奥《しんおう》を覗《のぞ》く面白さがある。転じて本書では、沼田一族の滅びの物語と同時に、様々な人々の思想や感情に触れる、群像のドラマとしても十分に楽しむことができる。両方に共通し、

且《か》つ『まぼろしの城』の眼目と考えられるのは、過酷な混乱の状況をいかに生きたか、そのサバイバルの醍醐味《だいごみ》と、人間のたくましさ、あるいは儚《はかな》さを知りえることではないだろうか。

そしてこの見解は、本編に続く形で池波正太郎が真田昌幸と彼の長男・信之（信幸）、次男・幸村を中心に、人間の可能性と歴史のダイナミズムを鮮やかに描き出した渾身《こんしん》の大作『真田太平記』を繙《ひもと》くことで、より印象深く実感されるのだ。それゆえ本書と共に、その豊かで峻厳《しゅんげん》な人と歴史の連なりの物語を手にすれば、誰しもが英雄豪傑たちと一緒に、戦国の大地を駆ける興奮と感動を味わえ、さらには知性を育《はぐく》む人間探求の旅にも興じることができるのである。

（二〇二二年十一月、文芸評論家）

本書は一九七二年講談社から刊行され、一九八三年に講談社文庫に収録された作品を新潮文庫化したものです。

池波正太郎著

忍者丹波大介

関ケ原の合戦で徳川方が勝利し時代の波の中で失われていく忍者の世界の信義……一匹狼となり暗躍する丹波大介の凄絶な死闘を描く。

池波正太郎著

男（おとこぶり）振

主君の嗣子に奇病を侮蔑された源太郎は乱暴を働くが、別人の小太郎として生きることを許される。数奇な運命をユーモラスに描く。

池波正太郎著

食卓の情景

鮨をにぎるあるじの眼の輝き、どんどん焼屋に弟子入りしようとした少年時代の想い出など、食べ物に託して人生観を語るエッセイ。

池波正太郎著

闇の狩人（上・下）

記憶喪失の若侍が、仕掛人となって江戸の闇夜に暗躍する。魑魅魍魎とび交う江戸暗黒街に名もない人々の生きざまを描く時代長編。

池波正太郎著

上意討ち

殿様の尻拭いのため敵討ちを命じられ、何度も相手に出会いながら斬ることができない武士の姿を描いた表題作など、十一人の人生。

池波正太郎著

散歩のとき何か食べたくなって

映画の試写を観終えて銀座の〔資生堂〕に寄り、はじめて洋食を口にした四十年前を憶い出す。今、失われつつある店の味を克明に書留める。

池波正太郎著

真田騒動
―恩田木工―

信州松代藩の財政改革に尽力した恩田木工の生き方を描く表題作など、大河小説『真田太平記』の先駆を成す〝真田もの〟5編。

池波正太郎著

男の作法

これだけ知っていれば、どこに出ても恥ずかしくない！　てんぷらの食べ方からネクタイの選び方まで、〝男をみがく〟ための常識百科。

池波正太郎著

あほうがらす

人間のふしぎさ、運命のおそろしさ……市井もの、剣豪もの、武士道ものなど、著者の多彩な小説世界の粋を精選した11編収録。

池波正太郎著

おせん

あくまでも男が中心の江戸の街。その陰にあって欲望に翻弄される女たちの哀歓を見事にとらえた短編全13編を収める。

池波正太郎著

男の系譜

戦国・江戸・幕末維新を代表する十六人の武士をとりあげ、現代日本人と対比させながらその生き方を際立たせた語り下ろしの雄編。

池波正太郎著

編笠十兵衛（上・下）

幕府の命を受け、諸大名監視の任にある月森十兵衛は、赤穂浪士の吉良邸討入りに加勢。公儀の歪みを正す熱血漢を描く忠臣蔵外伝。

池波正太郎著

池波正太郎の銀座日記〔全〕

週に何度も出かけた街・銀座。そこで出会った味と映画と人びとを芯に、ごく簡潔な記述で、作家の日常と死生観を浮彫りにする。

池波正太郎著

黒幕

徳川家康の謀略を担って働き抜き、六十歳を越えて二度も十代の嫁を娶った男を描く「黒幕」など、本書初収録の4編を含む11編。

池波正太郎著

原っぱ

旧作の再上演を依頼された初老の劇作家の心の動きと重ねあわせながら、滅びゆく東京の街への惜別の思いを謳った話題の現代小説。

池波正太郎著

賊将

幕末には〔人斬り半次郎〕と恐れられ、西郷隆盛をかついで西南戦争に散った桐野利秋を描く表題作など、直木賞受賞直前の力作6編。

池波正太郎著

江戸切絵図散歩

切絵図とは現在の東京区分地図。浅草生まれの著者が、切絵図から浮かぶ江戸の名残を練達の文と得意の絵筆で伝えるユニークな本。

池波正太郎著

武士《おとこ》の紋章

敵将の未亡人で真田幸村の妹を娶り、睦まじく暮らした滝川三九郎など、己れの信じた生き方を見事に貫いた武士たちの物語8編。

池波正太郎著

江戸の味を食べたくなって

春の浅蜊、秋の松茸、冬の牡蠣……季節折々の食の喜びを綴る「味の歳時記」ほか、江戸の粋を愛した著者の、食と旅をめぐる随筆集。

池波正太郎著

映画を見ると得をする

なぜ映画を見ると人間が灰汁《あく》ぬけてくるのか……。シネマディクト(映画狂)の著者が、映画の選び方から楽しみ方、効用を縦横に語る。

池波正太郎著

獅子

幸村の兄で、「信濃の獅子」と呼ばれた真田信之。九十歳を超えた彼は、藩のため老中酒井忠清と対決する。『真田太平記』の後日譚。

池波正太郎著

幕末遊撃隊

幕府が組織する遊撃隊の一員となり、官軍との戦いに命を燃やした伊庭八郎。その恋と信念を清涼感たっぷりに描く幕末ものの快作。

池波正太郎著

スパイ武士道

表向きは筒井藩士、実は公儀隠密の弓虎之助は、幕府から藩の隠し金を探る指令を受けるが。忍びの宿命を背負う若き侍の暗躍を描く。

池波正太郎ほか著

剣客商売読本

シリーズ全十九冊の醍醐味を縦横に徹底解剖。すりきれるほど読み込んだファンも、これから読もうとする読者も、大満足間違いなし!

池波正太郎著

剣客商売① 剣客商売

白髪頭の粋な小男・秋山小兵衛と巌のように逞しい息子・大治郎の名コンビが、剣に命を賭けて江戸の悪事を斬る。シリーズ第一作。

池波正太郎著

剣客商売② 辻斬り

闇の幕が裂け、鋭い太刀風が秋山小兵衛に襲いかかる。正体は何者か？ 辻斬りを追跡する表題作など全7編収録のシリーズ第二作。

池波正太郎著

剣客商売③ 陽炎の男

隠された三百両をめぐる事件のさなか、男装の武芸者・佐々木三冬に芽ばえた秋山大治郎へのほのかな思い。大好評のシリーズ第三作。

池波正太郎著

剣客商売④ 天魔

「秋山先生に勝つために」江戸に帰ってきたとうそぶく魔性の天才剣士と秋山父子との死闘を描く表題作など全8編。シリーズ第四作。

池波正太郎著

剣客商売⑤ 白い鬼

若き日の愛弟子を斬り殺された秋山小兵衛が、復讐の念に燃えて異常な殺人鬼の正体を追及する表題作など、大好評シリーズの第五作。

池波正太郎著

剣客商売⑥ 新妻

密貿易の一味に監禁された佐々木三冬を秋山大治郎が救い出すと、三冬の父・田沼意次は嫁にもらってくれと頼む。シリーズ第六作。

池波正太郎著
剣客商売⑦
隠れ簑
盲目の武士と托鉢僧。いたわりながら旅を続ける年老いた二人の、人知をこえた不思議な絆を描く「隠れ簑」など、シリーズ第七弾。

池波正太郎著
剣客商売⑧
狂乱
足軽という身分に比して強すぎる腕前を持ったがゆえに、うとまれ、踏みにじられる侍の悲劇を描いた表題作など、シリーズ第八弾。

池波正太郎著
剣客商売⑨
待ち伏せ
親の敵と間違えられた大治郎がその人物を探るうち、秋山父子と因縁浅からぬ男の醜い過去が浮かび上る表題作など、シリーズ第九弾。

池波正太郎著
剣客商売⑩
春の嵐
わざわざ「名は秋山大治郎」と名乗って辻斬りを繰り返す頭巾の侍。窮地に陥った息子を救う小兵衛の冴え。シリーズ初の特別長編。

池波正太郎著
剣客商売⑪
勝負
相手の仕官がかかった試合に負けてやることを小兵衛に促され苦悩する大治郎。初孫・小太郎を迎えいよいよ冴えるシリーズ第十一弾。

池波正太郎著
剣客商売⑫
十番斬り
無頼者一掃を最後の仕事と決めた不治の病の孤独な中年剣客。その助太刀に小兵衛の白刃が冴える表題作など全7編。シリーズ第12弾。

池波正太郎著
剣客商売⑬
波紋
大治郎の頭上を一条の矢が疾った。これも剣客商売の宿命か――表題作他、格別の余韻を残す「夕紅大川橋」など、シリーズ第十三弾。

池波正太郎著
剣客商売⑭
暗殺者
波川周蔵の手並みに小兵衛は戦いた。大治郎襲撃の計画を知るや、波川との見えざる糸を感じ小兵衛の血はたぎる。第十四弾、特別長編。

池波正太郎著
剣客商売⑮
二十番斬り
恩師ゆかりの侍・井関助太郎を匿った小兵衛に忍びよる刺客の群れ。老境を悟る小兵衛の剣は、いま極みに達した。シリーズ第15弾。

池波正太郎著
剣客商売⑯
浮沈
身を持ち崩したかつての愛弟子と、死闘の末倒した侍の清廉な遺児。二者の生き様を見守り、人生の浮沈に思いを馳せる小兵衛。最終巻。

池波正太郎著
剣客商売 番外編
黒白（上・下）
若き日の秋山小兵衛に真剣勝負を挑んだ小野派一刀流の剣客・波切八郎。対照的な二人の剣客の切り結びを描くファン必読の番外編。

池波正太郎著
剣客商売 番外編
ないしょないしょ
つぎつぎと縁者を暗殺された娘が、密かに習いおぼえた手裏剣の術と、剣客・秋山小兵衛の助太刀により、見事、仇を討ちはたすまで。

池波正太郎著
料理＝近藤文夫

剣客商売 庖丁ごよみ

著者お気に入りの料理人が腕をふるい、「剣客商売」シリーズ登場の季節感豊かな江戸料理を再現。著者自身の企画になる最後の一冊。

池波正太郎
平岩弓枝
松本清張
山本周五郎
宮部みゆき 著

親不孝長屋
―人情時代小説傑作選―

親の心、子知らず、子の心、親知らず――。名うての人情ものの名手五人が親子の情愛を描く。感涙必至の人情時代小説、名品五編。

池波正太郎
山本一力
北原亞以子
山本周五郎
藤沢周平 著

たそがれ長屋
―人情時代小説傑作選―

老いてこそわかる人生の味がある。長屋を舞台に、武士と町人、男と女、それぞれの人生のたそがれ時を描いた傑作時代小説五編。

池波正太郎
乙川優三郎
五味康祐
宇江佐真理
山本周五郎
柴田錬三郎 著

がんこ長屋
―人情時代小説傑作選―

腕は磨けど、人生の儚さ。刀鍛冶、火術師、蕎麦切り名人……それぞれの矜持が導く男と女の運命。きらり技輝る、傑作六編を精選。

佐藤隆介著

池波正太郎直伝
男の心得

蕎麦屋でのマナー、贈り物の流儀、女房との付き合い方、旅を楽しむコツ……人生の達人、池波正太郎に学ぶ、大人の男の生きる術。

池波正太郎・藤沢周平
笹沢左保・菊池寛著
山本周五郎
縄田一男 編

志に死す
―人情時代小説傑作選―

誰のために死ぬのか。男の真価はそこにある――。信念に従い命を賭して闘った男たちが描かれる、落涙の傑作時代小説5編を収録。

まぼろしの城《しろ》

新潮文庫　い - 16 - 95

令和五年一月一日発行

著者　池《いけ》波《なみ》正《しょう》太《た》郎《ろう》
発行者　佐藤隆信
発行所　株式会社新潮社
郵便番号　一六二―八七一一
東京都新宿区矢来町七一
電話 編集部(〇三)三二六六―五四四〇
読者係(〇三)三二六六―五一一一
https://www.shinchosha.co.jp

価格はカバーに表示してあります。

乱丁・落丁本は、ご面倒ですが小社読者係宛ご送付ください。送料小社負担にてお取替えいたします。

印刷・株式会社光邦　製本・株式会社大進堂

ISBN978-4-10-115692-7 C0193